お見合いしたくなかったので、無理難題な条件をつけたら同級生が来た件について7

桜木桜

角川スニーカー文庫

23680

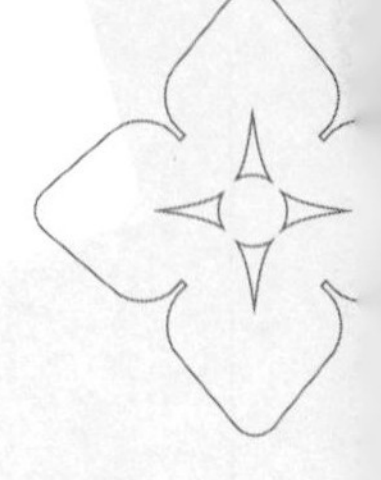

Contents

story by sakuragisakura
illustration by clear
designed by AFTERGLOW

第一章　婚約者とのクリスマス

十二月の末頃のとある日のこと。

「由弦さん、由弦さん。あれ、もう一度言ってもらえますか？」

「……あれ？　あれって何だ？」

カップルがイチャイチャしていた。

「修学旅行の時に言ってくれたやつです」

そう言ったのは亜麻色の髪に翠色の瞳の女の子だ。

季節柄、厚着をしているため分かり辛いが、メリハリのあるスタイルをしている。

「え……？　あぁ……いや、すまない。何の話だったかな？」

少女に対してそう返答したのは、黒髪に碧い瞳の少年だ。

同年代と比較して、大人びた顔立ちと落ち着いた雰囲気が特徴的だ。

「ほら……初日の夜に言ってくれたじゃないですか」

少女――雪城愛理沙は、少年――高瀬川由弦の袖を掴み、軽く引っ張った。

その仕草は子供が親に玩具を強請る様に似ていた。

一方で由弦は恥ずかしそうに仄かに顔を赤らめながら、顔を背けた。

「い、いや……あまり覚えてないかな」

「……本当に忘れてしまったんですか？」

「さ、さぁ……」

「ぐすっ……」

愛理沙は酷く悲しそうな表情を浮かべ、顔を俯かせた。

そんな婚約者の表情と仕草に、由弦は慌てて首を左右に振った。

「いや、ごめん。嘘、覚えてる」

「じゃあ言ってください」

「え、えっと……言わないと、ダメ？」

「……やっぱり、忘れちゃいましたか？」

愛理沙は上目遣いで由弦にそう尋ねた。

由弦は観念したのかため息をついた。

「君が婚約者で良かった。君という心の底から好きと言える人に出会えたことが幸運だ。そんな君と結婚できる立場で嬉しいと思っている」

照れくさそうに頬を掻きながら由弦はそう答えた。

するとと愛理沙は嬉しそうに頰を緩めた。

「えへへ」

「……満足してくれた？」

「そうですね。でも……あの時はもっと長くて、心が籠もっていた気がします」

「いや、さすがに全文は覚えてないし……」

ちょっと違う。

そんなクレームに由弦は困り顔をした。

「でも、心の込め具合は全然、違いますよね？　さっきのはちょっと、棒読みでした」

「これ、何回目だと思っているんだ？」

「まだ五回目です」

「まだ、じゃない。五回も、だ」

どうやら、由弦の心からの告白は愛理沙にとっては非常に嬉しく、そして琴線に触れる部分があったらしい。

修学旅行が終わった後も、繰り返し同じことを求められた。

由弦としては気恥ずかしい言葉でもあったので、あまり何度も口にはしたくなかったのだが……

大切な婚約者に可愛（かわい）く頼まれ、悲しそうな表情を浮かべられると、逆らえない。

だから何度も何度も繰り返し、同じような愛の告白を愛理沙に行い、そして回数を重ねるごとに短くなり、棒読みになっていった。

「回数を少し重ねた程度で薄れてしまうようなものだったんですか？」

「うん、まあ、そもそも少しじゃないけどね」

「少しじゃなかったとしても……薄れてしまうんですか？」

「いや、別に君への気持ちは薄れないけどね？　毎回、同じくらいの言葉の力を込めるのは、いくら何でも無理があるから……」

言葉に嘘はない。

愛理沙への想(おも)いは変わらない。

しかし最初と同じテンションで同じことを何度も繰り返すのは難しい。

そう弁明する由弦に対して愛理沙は笑った。

「そんなこと言って……本当は照れくさいだけですよね？」

「……分かっているなら、何度も言わせないでくれないか？」

図星を突かれた由弦は眉を顰(ひそ)め、不機嫌そうな声でそう言うと、再びそっぽを向いてしまった。

愛理沙はそんな由弦の肩を揺する。

「拗(す)ねないでくださいよ。……ね？」

「別に拗ねてないから」

「じゃあ、こっち向いてください」

「……」

由弦は渋々という様子でゆっくりと振り向いた。

すると、由弦の頰に愛理沙の指が突き刺さった。

少し驚いたのか、由弦は目を見開いた。

そんな由弦の反応が面白かったのか、愛理沙は楽しそうに笑う。

「悪戯、成功です」

「……」

当然だが、この程度の悪戯で怒るほど由弦の器は小さくない。

とはいえ、揶揄われて何もせず、されるがままになるタイプでもない。

何か、皮肉の一つでも言ってやろうと、由弦は知恵を働かせた。

「……小学生みたいな悪戯だ」

「何ですか、それ。私が小学生レベルだって言いたいんですか？」

「悪戯のレベルはそうだね。あぁ……いや、同じネタを何度も繰り返すのも小学生くらいかな？」

由弦の言葉に、先ほどまで上機嫌だった愛理沙の表情が険しくなる。

高校生にもなって、〝小学生レベル〟と揶揄されるのはさすがに腹が立つようだ。

そんな愛理沙に由弦は尚も続けた。

「注射が打てないのは幼稚園児レベルだ」

「打てますから。打ちましたよね？　一緒に行きましたよね？」

もう注射は克服した。

そう主張する愛理沙に由弦は大きく首を左右に振った。

「普通だから、それ。注射一つで大騒ぎするのは、小学校低学年レベル」

「それはちょっと言いすぎじゃないですか？」

愛理沙は眉を顰め、目を吊り上げた。

そんな愛理沙に対して由弦は肩を竦めた。

「そう思うなら、小学生みたいなことはやめるべきじゃないか？」

「……大人っぽい悪戯をすれば良いということですか？」

「いや、そもそも悪戯を……」

由弦は最後まで、言葉を紡ぐことができなかった。

愛理沙の唇が、由弦の唇を塞いだからだ。

「これも、小学生レベルですか？」

愛理沙は僅かに赤らんだ表情で由弦にそう尋ねた。

由弦もまた、赤くなった顔を左右に振った。

「いや、今のは……大人っぽい」

「それは良かったです」

愛理沙は嬉しそうに微笑(ほほえ)んだ。

してやられた由弦は頬を掻く。

「今日は本当に……楽しそうだね」

「当然です」

愛理沙は頷(うなず)くと、クルッとその場で回転してから、両手を広げた。

「クリスマスに、大好きな人と、お泊まりで、遊園地。……楽しくない人、いますか？」

愛理沙の問いに由弦は大きく首を左右に振った。

「いや、君の言う通りだ」

そう、今日はクリスマス。

そして二人がいるのは、日本でもっとも有名な遊園地だ。

※

「ちょっと疲れちゃいました……」

時刻は午後一時。

昼食のためにレストランに入ってから、愛理沙はため息交じりにそう呟いた。

「あれだけ、はしゃげばね」

由弦は苦笑しながらそう言った。

入園後はもちろんのこと、遊園地に来るまで……否、前日から愛理沙ははしゃいでいたし、テンションが高かった。

疲れてしまうのは当然のこと。

むしろ、よく体力が持ったと言えるかもしれない。

「小学生の時以来だったので……小学生みたいなはしゃぎ方をしちゃいました」

愛理沙は恥ずかしそうに体を縮こまらせた。

今更ながら、自分の行動の恥ずかしさに気付いたようだ。

「……そうか」

一方、由弦は愛理沙の何気ない言葉にハッとさせられた。

愛理沙の両親が亡くなったのは、彼女が小学生の時だ。

だから小学生の時以来、遊園地などのテーマパークには行ったことがないのだろう。

はしゃぐのは当然だ。

子供っぽいのではなく、子供の時から止まっているのだ。

「次は休憩も兼ねて、ゆったりめのアトラクションにしようか」

愛理沙としては「久しぶりに遊園地に来たのだから、遊園地らしいアトラクションに乗りたい」という思いがあったのだろう。

序盤から動きの激しい……落ちる・回転する・揺れる・光る・叫ぶという感じのアトラクションばかりをチョイスしていた。

由弦もそういうアトラクションの方が好きなので、文句はなかったが……

やはり連続でそういうアトラクションばかり乗っていたら、肉体的にも精神的にも疲れてしまう。

「そう、ですね……」

「……そういうのは好きじゃない？」

由弦の提案に愛理沙は渋い表情を浮かべた。

愛理沙のこの反応は由弦にとっては少し意外だった。

ゆっくりと落ち着きながら景色や世界観を楽しむようなアトラクションは女性人気が高い……と勝手に考えていたからだ。

「いえ、そういうわけではないのですが……」

「もう少し休憩したい感じ？」

もしかして、眠くなってしまったのだろうか？

由弦はそう思いながら愛理沙に尋ねた。

しかし愛理沙は首を左右に振った。

「その、並ぶのが……ちょっと辛いなって……」

「あぁ……」

当然だが、アトラクションに乗るには列に並ばなければならない。

これが意外と疲れる。

何時間も立ちっぱなしであることは当然として、知らない人に囲まれるだけでも精神的には疲れてしまうからだ。

「じゃあ、パレードでも見る？」

「そうですね。そうしましょう……」

そんな話をしているうちに、料理が運ばれてきた。

愛理沙は運ばれてきた料理をパチパチとした目で見てから、ポツリと呟いた。

「この量と質でこの値段は……」

「それは言っちゃいけない」

現実に戻ろうとする愛理沙を、由弦は慌てて引き留めた。

このようにすっかりテンションが低くなってしまった愛理沙だが……

「あ！　見ました!?　由弦さん!!　今、こっちに手を振りましたよ!!」

パレードを見るころにはすっかり元気になり、着ぐるみを相手に飛び跳ねながら手を振っていた。

「あ、あぁ……うん、そうだね」

元気になったことは嬉しく思いながらも……

大はしゃぎする愛理沙に少し恥ずかしくなってしまう由弦であった。

※

「最悪です……もっと明るいうちに乗れば良かったです」

日も落ち、辺りが暗くなった頃。

愛理沙は由弦の腕に掴まりながらそうぼやいた。

「だからやめておいた方がいいって言ったのに……」

由弦は自分の腕に抱き着く愛理沙に、呆れ顔でそう言った。

最後にホラー系のアトラクションに乗ってから、愛理沙はずっとこの調子だった。

もちろん、お化けが出る、幽霊が出るというアトラクションであることは乗る前から分かっていた。

ホラー系だが大丈夫か？

事前にそう尋ねた由弦に対し、愛理沙は自信満々に答えた。

――ホラーと言っても子供向けですよね？　子供騙しに怯えるほど、怖がりじゃないです。

「……想像以上でした」

愛理沙はブルッと体を震わせながらそう答えた。

由弦からすると、ホラーと言っても子供向けで大した内容ではなかったのだが、愛理沙はそれよりもさらにレベルの低いモノを想像していたようだった。

どんなほのぼのとした内容を想像していたのだと、由弦は少しだけ気になった。

「時間も悪かったです。……昼間なら、そこまででもない気がします」

「……関係あるかな？」

「あります。……明日行くところもホラー系、ありますよね？　明るいうちに乗りましょう」

今回、二人はホテルを予約した上で泊まりで遊びに来ている。

明日はもう片方のパークに遊びに行く予定になっており、そちらはそちらで別のアトラクションが楽しめる。

「懲りないな、君は……言っておくけど、明日のやつの方が多分、怖さは上だぞ？」

「そ、そうなんですか？　そ、それは……た、楽しみですね！」

「声が震えてるけど。……やめたら？」

怖いなら見なければ良い。

由弦もどうしても乗りたいというわけではないので、無理強いするつもりはない。

というよりはむしろ、こんなに怯えるくらいなら乗らないで欲しいのが本音だ。

「乗ってみないと分からないじゃないですか」

愛理沙はホラーが苦手だ。

しかし嫌いではないらしく、どういうわけか怖いと分かっていながら見たがる。

そしてやっぱり怖かったと後悔するのがオチだ。

「本当に乗るつもり？」

「当然です。来たからには乗らないと帰れません」

「……分からないな」

怖いのに乗りたがる、見たがる。

愛理沙のこの心理は一生理解できそうもないと、由弦は首を傾げるのだった。

※

「はぁ……足が棒みたいになってます」

ホテルに着き、ベッドに腰を下ろしてから愛理沙はため息交じりにそう呟いた。

スリッパを脱ぎ、白い脚を自分で揉む。

「俺も疲れた。……早くシャワーを浴びて、寝てしまおう」

由弦の言葉に愛理沙は賛成だと言わんばかりに頷いた。

「どちらが先に入りますか？」

「先に入りたい？」

「いいえ、どちらでも。……ジャンケンで決めますか？」

取り合うほどのことでもなければ、譲り合うほどのことでもない。

そう考えた二人は素早くジャンケンで順番を決めてしまうことにした。

「じゃあ、先に入らせてもらうよ」

「どうぞ」

そして勝ったのは由弦だった。

由弦はベッドから降りるとバスルームへと向かった。

浴室はいわゆるユニットバスだった。

由弦はお湯が飛び散らないようにカーテンを締めて、シャワーの蛇口を捻る。

「あっ……」

そして体を洗いながら由弦はふと、思い付いた。

（……一緒に入ろうって、誘う選択肢もありだったか？）

普段はそんなことは言い出せないが、今日は二人きりの旅行だ。

もしかしたら、流れと勢いで一緒に入浴することもできたかもしれない。

（いや、ちょっと早いか……）

しかしそれは愛理沙と裸の付き合いをすることを意味する。

全裸の愛理沙と一緒に入浴して、平静でいられる自信は由弦にはなかった。

そんなことを考えているうちに由弦は体を洗い終えた。

用意されていたバスローブを羽織り、水気を拭いながら由弦はバスルームから出た。

「お待たせ」

「早かったですね」

由弦がバスルームから出ると、愛理沙はすぐに由弦を出迎えてくれた。

が、しかし愛理沙は何故か固まってしまった。

そして慌てた様子で目を逸らした。

「えっと……どうした？　何か変？」

普通ではない愛理沙の様子に由弦は慌てた。

何か、見えてはいけない物が見えてしまっているのではないかと少し慌てる。

「いえ……変ではありません」

「そ、そう？　……なら、どうして目を逸らすんだ？」

変ではない。

そう言う愛理沙は何故か由弦と目を合わせてくれなかった。

しかし由弦が執拗（しつよう）に問い詰めると、観念した様子で僅かに由弦の方へと視線を向けてくれた。

「ちょっと色っぽいと思ってしまって……」

そう答えてから愛理沙は恥ずかしそうに両手で顔を覆った。

一方で由弦は首を傾げた。

「そ、そうか……？」

由弦は自分自身の姿を見て、「色っぽい」などと思ったことはない。

だから正直納得できなかったが、しかし悪いことではなさそうなので一先（ひとま）ず安心することにした。

「わ、私、入ってきますね！」

「あ、あぁ……」

それから愛理沙は逃げるようにバスルームへと向かってしまった。

手持ち無沙汰になった由弦は、ドライヤーで髪を乾かしたり、テレビを見たりしながら愛理沙を待つ。

「……お待たせしました」

それほど時間が掛からないうちに、バスローブを羽織った愛理沙が姿を現した。

白い肌はほんのりと赤らみ、そして美しい亜麻色の髪は湿っている。

その姿は普段以上に艶っぽく見えた。

「どうされましたか？」

「いや……さっきの君の気持ちが分かった気がした」

「そ、そうですか」

由弦の言葉に愛理沙は恥ずかしそうに目を伏せた。

それから翠色の瞳で由弦の目を見つめてきた。

「髪を乾かしたいのですが……」

「ああ、悪い。俺は終わったから」

由弦はドライヤーを愛理沙に渡そうとしたが、しかし愛理沙は首を左右に振った。

そしてベッドに上がり、由弦の方へと近づいてくる。

「あ、愛理沙……？」

そして愛理沙は由弦の目の前で、背中を向けながら座り込んだ。

それから後ろを振り返る。

「乾かしてもらえませんか？」

「な、なるほど！」

ようやく由弦は愛理沙の意図を理解した。

ドライヤーの電源を入れて、愛理沙の髪を乾かそうとして……手が止まる。

「すまない。……やり方を教えてくれないかな？」

愛理沙の美しい亜麻色の髪は、比べるまでもなく、由弦の髪よりもずっと手入れされている。

自分の髪と同じように扱うわけにはいかない。

「普通に乾かしてくれれば良いだけですが……」

「そうか……おかしかったら言ってくれ」

由弦は慎重に愛理沙の髪にドライヤーを当て始めた。

手で形を整えながら、温風を当てていく。

形が崩れないように、熱くなりすぎないように、細心の注意を払う。

「いい感じです」

由弦の懸念とは裏腹に、愛理沙は心地よさそうな声を上げた。

気が付くと愛理沙は体を後ろに倒していた。

リラックスした様子で体重を由弦に預けている。

由弦もまた、作業に慣れたことで余裕が出てきた。

「それは良かった」

バスローブからチラチラと覗(のぞ)く、白い谷間を気にしながら由弦は答えた。

見てはいけない。

覗こうとするべきではない。

そう思いながらも、やはり気になってしまう。

(これだけ大きいのに……下着なしでも垂れたりしないのか)

バスローブの上からでも、その形の美しさは一目で分かった。

「ん……」

そして気が付くと愛理沙は目を閉じてしまっていた。

眠くなってしまったらしい。

こういう無防備な姿を見ると、悪戯(いたずら)したくなってしまう。

由弦はドライヤーを止めて、脇に置いた。

そして愛理沙の体の前へと手を伸ばし、後ろから抱きしめ、耳元で囁(ささや)く。

「愛理沙、終わったよ」

「……っきゃ！」

驚いたのか、愛理沙は体をビクッと震わせた。

そして首を後ろに回し、目をぱちくりさせた。

「私、寝てました……？」

「うん」

「そうでしたか……すみません」

「いや、気にしなくていいよ」

由弦はそう言いながら、愛理沙のバスローブを軽く摑んだ。

そして愛理沙自身が気が付かないうちに乱れ、大きく開いてしまった胸元を直してあげた。

「じ、自分で直せますから……」

愛理沙は恥ずかしそうに顔を赤らめながら、姿勢を正した。

それからするりと由弦の腕から抜け出し、向き直った。

「そろそろ寝ましょう」

「そうだね。……俺はあっちで着替えてくるから、終わったら教えてくれ」

由弦はベッドから降りると、アメニティの寝間着と自分の下着を持ってバスルームへと向かった。

バスローブを脱ぎ、下着と寝間着を着る。

「愛理沙、終わった？」

「……はい、終わりました」

確認を終えてから由弦は寝室に戻った。

すでに愛理沙は寝間着に着替え終えて、ベッドの上で正座をして待っていた。

「じゃあ、寝ようか」

「はい」

由弦はベッドの上に上がると、毛布の中に入った。

そして正座をして固まったままの愛理沙に声を掛けた。

「ほら、入って」

言うまでもないが、この部屋のベッドはツインではなくダブルだ。

つまり二人用の物が一台しかない。

「はい。……失礼します」

由弦に促された愛理沙はいそいそとベッドの中に入り込んできた。

そして緊張した顔でじっと由弦の顔を見つめてきた。

そんな愛理沙の様子に由弦は思わず苦笑した。

「そこまで緊張することはないだろ」

ベッドはツインではなく、ダブルで。

それは由弦の独断ではなく、二人で決めたことだ。

最初から分かっていたことだし、そもそも二人で寝るのは今回が初めてというわけではない。

「す、すみません。ど、ドキドキしちゃって……由弦さんはしないんですか？」

「いや、そんなことはないけど……」

愛理沙に指摘され、由弦は自分の心臓がドキドキしていることに気付く。

自覚すると余計に緊張してしまう。

「……とりあえず、灯り(あか)を消そう。暗くして大丈夫？」

「はい。……その前にそっちに行っていいですか？」

「いいよ」

由弦が答えると、愛理沙は由弦と体が触れ合うほどの位置まで近づいてきた。

そして由弦の顔を物欲しそうな顔で見つめてきた。

「その、由弦さん。寝る前に……」

「おやすみ」

由弦はそう言うと愛理沙の唇に自分の唇を合わせ、愛理沙の口を封じた。

愛理沙は一瞬目を大きく見開いたが、満足そうな表情を浮かべた。

「……おやすみなさい」

愛理沙がそう言ったのを確認してから、由弦は灯りを消した。

二人は互いの体温と吐息を感じながら、静かな夜を過ごした。

※

「わわ、凄い……！　どれを選んでもいいんですか？」

「それはまあ、ビュッフェだし……」

目を輝かせる愛理沙に対し、由弦は苦笑しながらそう言った。

遊園地に遊びに来た日の翌日。

その日の朝食はホテルでのビュッフェだった。

ごくごく普通の一般的な、「ホテルの朝食バイキング」と言われて想像するような内容だ。

こういうホテルの〝食べ放題〟に対してワクワクする感性は由弦も持ち合わせているため、愛理沙の気持ちは全く分からないでもないが……

それを踏まえても愛理沙の反応はやや過剰に見えた。

まるで小学生のようだ。

あからさまにウキウキする愛理沙の様子はとても微笑ましく、可愛らしい。と、思っていた由弦ではあったが、

「小さい時以来です！」

愛理沙のその言葉に少しだけ胸を痛めた。
とはいえ、愛理沙自身は雰囲気を重くしようとしての発言ではないのだろう。
その証拠にニコニコと笑みを浮かべている。
ここで由弦が神妙な表情を浮かべるのは正解ではない。
「じゃあ、選びに行こうか」
「はい！」
由弦と愛理沙は皿を手に持ち、列に並んだ。
料理は和洋中、オーソドックスな内容が一通り揃っている。
（やっぱり日本人なら和食……）
白米、味噌汁、焼き魚、卵焼き、納豆、ノリ……
由弦は最初、そんな感じで揃えようと考えた。
しかし愛理沙がソーセージを皿に乗せているのを見て、考えを改める。
無性にソーセージが食べたくなってしまったのだ。
（いや、洋食にしよう）
由弦はソーセージを皿に乗せた。
他にはオムレツやコーンスープなどで揃えよう。
そんな計画を立てた由弦だが……

愛理沙が焼売を皿に乗せたのを見て、また心が揺れ動いてしまった。

(中華も良いな……というか、愛理沙はソーセージと焼売を合わせるつもりなのか)

考えてみれば、別に統一しなければいけないという決まりはない。

好きな物、食べたい物を好きなだけ乗せればいいのだ。

「……よし」

由弦は難しく考えるのをやめ、目についたものを少しずつ皿に乗せることにした。


約一時間後。

「苦しい……」

「……食べすぎましたね」

由弦と愛理沙はベッドの上に座り込みながら、げんなりとした表情でそう呟いた。

食べ放題だから、いろいろな種類があるからと、つい食べすぎてしまったのだ。

「最後のデザートをやめておけばよかったです」

「個人的には麺類が腹に溜まったかな……」

二人はそれぞれ反省点を口にした。

次回、ビュッフェに行くことがあれば腹八分目を心がけようと決める。

「いつ出ますか？」

「開園まで時間があるし、もう少しゆっくりしよう」

幸いにも朝早く起きたため、時間には余裕があった。

無理をして体調を崩すのは良くないと判断した二人は、食べた物の消化が終わるまで待つことにした。

テレビを見たり、寝転がりながら携帯を弄ったり、パンフレットを読んだり……

思い思いの時間を過ごす。

（うん、これだと家でやってることと変わらないな……）

少し時間が勿体ないと感じた由弦は、何か楽しいことはないかと考え始めた。

そして隣で寝転がりながらパンフレットを読んでいる愛理沙に目を向けた。

由弦はそんな愛理沙のお腹に手を伸ばした。

「……何でしょうか？」

突然、お腹を撫でられた愛理沙は怪訝そうな表情を浮かべた。

一方由弦は愛理沙のお腹を撫でながら、笑みを浮かべた。

「パンパンだね」

「や、やめてくださいよ……！」

食べすぎでお腹が膨らんでいることを揶揄われた愛理沙は、由弦の手を払いのけた。

そして由弦を軽く睨んだ。

「そこまで怒らなくても……」

「デリカシーがないです。そもそも……由弦さんだって、人のこと、言えないじゃないですか」

愛理沙はそう言いながら由弦のお腹に手を伸ばしてきた。

食べすぎたのは由弦も同じで、彼のお腹も少し膨らんでいる。

「正直、ちょっと眠い……」

「……気持ちは分かります」

由弦の言葉に愛理沙は苦笑しながら頷いた。

食後というのもあるが、それ以上に昨日はあまり寝付けず、疲れが取れていたとは言い辛かったのだ。

「仮眠する？」

「そうですね……いや、やめましょう。多分、起きられなくなります」

由弦の提案に愛理沙は首を大きく横に振った。

「ベッドの上にいると余計に眠くなります。少し早いですが、出ましょう」

「……そうだね。君の言う通りだ」

二度寝のせいで遊園地で遊ぶ時間が減るのはあまりにも惜しい。

これ以上眠くならないうちにと、二人はホテルをチェックアウトするのだった。

※

「最初はのんびり系のアトラクションにしようか」

遊園地に入場してから由弦は愛理沙にそう提案した。

由弦の言葉に愛理沙はお腹を摩り、苦笑しながら頷いた。

「私もその方が良いと思います」

二人とも、食べすぎた朝食を未だに消化しきれていなかった。

この状態で落ちたり回転したりするようなアトラクションに乗る気にはなれなかった。

……食べた物を口から戻すようなことになるのは避けたい。

そういうわけで二人は比較的のんびりとした、雰囲気を楽しめるアトラクションから楽しむことにした。

アトラクションに乗っている時間は精々五分程度ではあるが、待ち時間を含めれば一回当たり一時間を超える。

一つ乗り終える頃には、苦しいと感じるほどの満腹感からは解放されていた。

「次はどうしましょうか？」

ウキウキとした表情で愛理沙はそう言った。

由弦は少し考えてから、パンフレットを指さす。

「じゃあ、これ行く？」

由弦の言動に愛理沙の表情が強張(こわば)った。

それは昨日、話題に上ったホラー系のアトラクションだった。

ホラーとしての怖さはもちろん、絶叫系マシンとしての評価も高い。

「そ、そう、ですね……そ、それは……」

「怖いなら、やめておいた方がいいと思うけどね」

昨日の大して怖いとは言えないようなアトラクションでさえ、愛理沙は終始怖がっていたのだ。

それ以上に怖いと評判のこのアトラクションに耐えられるとは思えなかった。

「こ、怖いですけど……でも、乗ってみたいです」

「……昨日よりも数倍、怖いと思うけど。大丈夫？」

「だ、大丈夫ですよ。き、昨日は夜だったからで……今はまだ、お外も明るいじゃないですか」

「いや、昨日もそこそこ明るかったけどね」

パーク全体はイルミネーションや街灯、アトラクションの光により照らされている。

だから夜と言っても、そこそこ明るい。

「大丈夫と言ったら、大丈夫です！　……それとも、由弦さん、怖いんですか？」

「なっ……！」

愛理沙の思わぬ挑発に、由弦は思わず目を見開いた。

絶句する由弦に対し、愛理沙は得意気な表情を浮かべる。

「私は大丈夫って、言ってるのに……反対する理由、それ以外にないですよね？」

正解でしょ？　と、そんな顔だ。

その表情は少し可愛かった。

しかしいくら可愛いと言っても、全く腹が立たないかといえばそんなことはない。

「よし、分かった。もう反対はしない。乗ろうじゃないか」

「最初からそう言ってます」

由弦の言葉に愛理沙は満足気な表情を浮かべた。

どうやら、本当に大丈夫だと思っているらしい。

怖がりのくせに、その自信がどこから来るのか由弦には全く分からなかった。

「……怖くても、縋(すが)りつかないでくれよ？」

「分かってますよ」

愛理沙は当然だとでも言うように大きく頷いた。

……そして一時間半後。

「ふ、ふぅ……た、大したこと、な、なかった、ですね」

由弦の腕に摑まり、膝を震わせながら愛理沙はそう言った。

最初は完全に腰が抜けて、マシンから立ち上がれなかったほどなので、これでもかなり回復した方だ。

「愛理沙、離れてくれないか？　歩きづらい」

「そ、そんな、い、意地悪言わないでください……」

愛理沙は上目遣いで由弦を見上げながら、腕をギュッと摑み直した。

柔らかい愛理沙の体の感触が伝わってくる。

普段の由弦であれば役得だと、そのままにしているところだが、今回はそういう気分ではなかった。

「縋りつかないって、言ったじゃないか」

「う、うぅ……」

由弦の言葉に愛理沙はゆっくりと手を離す。

が、同時にガクッと体が沈みかけた。

愛理沙は慌てて由弦の腕にしがみ付いた。

「まだ外、明るいけど？」

明るいなら怖くないんじゃないのか？

と由弦は半笑いしながら愛理沙に問いかけた。

愛理沙は気まずそうに顔を背けた。

「そ、その……想定以上だったというか……」

「散々、怖いって前置きはしたはずだけど」

「わ、私が間違ってました……ごめんなさい。これじゃ、ダメですか？」

愛理沙は潤んだ瞳で由弦を見上げた。

これ以上弄るのは可哀想だと判断した由弦は、苦笑しながら頷いた。

「仕方がない」

「……ありがとうございます」

一先ず、愛理沙の足腰が直るまではまともに移動できない。

由弦は近くにあったベンチに愛理沙を座らせた。

「口から心臓が出るかと思いました……」

ようやく体の震えが治まった愛理沙はあらためてそんな感想を口にした。

そんな愛理沙に由弦は問いかける。

「まさかとは思うけど、漏らしてないよね？」

「えっ……？　ま、まさか……」

由弦の冗談半分の問いかけに、愛理沙は露骨に目を逸らした。

由弦は思わず真顔になった。

「……嘘(うそ)だろ？」

「し、してないです！　漏らしては、ないです！」

「……漏らしては？」

愛理沙の言葉に引っ掛かりを覚えた由弦はあらためて問い詰めた。

愛理沙は気まずそうな表情で口を噤(つぐ)む。

由弦はじっと、愛理沙を見つめながら顔を近づけた。

「……ひやっとはしました」

由弦の視線に堪(たま)りかねた愛理沙は顔を赤らめ、俯きながらそう言った。

それから慌てた表情で顔を上げ、由弦に詰め寄った。

「本当に漏らしてないですからね？」

「本当ならいいけど……」

「危なかっただけです。漏らしてはないですから！」

「危なかったのも、相当な話だとは思うけど……」

「してないですからね！」

「分かった、分かったよ」

愛理沙の勢いに押される形で由弦は何度も頷いた。

ようやく満足したのか、愛理沙はベンチに座り直す。

「でも、楽しかったです。怖くて今回はあまり集中できませんでしたから、次はしっかりと集中して乗りたいですね。二回目ならそこまで怖くないでしょうし」

「懲りないなぁ……君は」

由弦は思わず呆れ顔になった。

※

「さて、そろそろ昼時だけど……どうする？」

腕時計を見ながら由弦は愛理沙に問いかけた。

由弦の問いに愛理沙は自分のお腹を摩った。

「う、うーん……微妙なところですね。残しちゃうかもしれません」

「だよね」

由弦もあまりお腹は空いていなかった。

まだ朝に食べた物が少し残っているような感じがしている。

レストランでしっかり食事をするような気にはなれなかった。

「時間をズラすか……もしくは、ポップコーンとかを摘むとかかな？」

由弦は丁度、数十メートル先にある店舗を指さしながらそう言った。

美味しそうな匂いが漂っている。

「それならポップコーンにしましょう。並びながら食べられますし」

二人は立ち上がり、店舗の前まで移動した。

メニュー表を見ながら愛理沙は由弦に問いかけた。

「由弦さんは何味にしますか？　私はキャラメルにしますが……」

「そうだなぁ……」

同じ味を選ぶよりは、それぞれ違う味を選んで、半分ずつ食べたい。

それは愛理沙も同じはずだ。

「……チョコレート味なんてのもあるんですね」

愛理沙はチラッと由弦の顔を見ながらそう言った。

どうやら愛理沙はチョコレート味も気になるらしい。

「甘い物と甘い物はなぁ……しょっぱい物の方がいいかな」

少し口がくどくなりそうだと由弦は思った。

愛理沙も今は食べたがってはいるが、後から辛くなるかもしれない。

「……そうですか。そうですよね。あ、カレー味なんてのもあるんですね」

再び愛理沙は由弦の顔をチラ見してそう言った。

チョコレート味がダメなら、カレー味がいい。

と、言ってはいないものの、表情に出ている。

「じゃあ、カレー味にするよ」

由弦が苦笑しながらそう言うと、愛理沙は嬉しそうに目を輝かせた。

そして店員に注文をする。

「チョコレートとカレー、一つずつで」

キャラメル味にするんじゃなかったのか？

と、思わず由弦は愛理沙の顔を見た。

すると愛理沙は恥ずかしそうに頬を掻いた。

「……やっぱり気になって。ダメでしたか？」

「いや、別に構わないよ」

これでカレー味と塩味など、しょっぱい物としょっぱい物の組み合わせを選ばれたら由弦も何か言いたくなるが……

甘い物としょっぱい物の組み合わせのままであれば、文句はなかった。

「俺も気になってた」

キャラメル味は映画館などで食べたことがあるが、チョコレート味は食べたことがない。

由弦も気になっていたことを伝えると、愛理沙は嬉しそうに笑みを浮かべた。

「それは良かったです」

ポップコーンはそれを持ったままアトラクションに乗ることを考慮してか、首から下げられるようなケースに入っていた。

ケースそのものも、遊園地のキャラクターをモチーフにした可愛らしいデザインの物だ。

二人は元いたベンチに座り、ポップコーンを食べ始める。

「カレー味は……思ったよりも辛くはないですね」

「チョコレート味は……まあ、チョコレートって感じだな」

二人は互いのポップコーンをシェアしながら、食べ比べをする。

しょっぱい味と甘い味を交互に楽しみ、少し味がくどくなったらお茶を飲む。

三分の一ほど食べ終えたところで、二人は立ち上がった。

「残りは並びながら食べようか」

「そうですね」

近場にあるアトラクションまで二人は移動する。

しかし目的地のすぐ近くまで来たところで、愛理沙は唐突に足を止めた。

「どうした？」

「……チュロス、食べたくないですか？」

「いや、特には……」

愛理沙の唐突な言葉に由弦は思わず首を傾げた。

そして愛理沙の視線の先を追うと、そこにはチュロスを販売している店舗があった。

どうやら見たら食べたくなってしまったらしい。

「買ってきたらいいんじゃないか？　並んでいる時に食べればいいだろう？」

チュロス一本を食べるのに何十分も時間は必要ない。

並んでいる最中に十分食べ切れるため、アトラクションを楽しむ際に邪魔になるとは思えなかった。

「いや、ポップコーンもありますし……食べ切れるかなって」

「なるほど」

ポップコーンは意外とお腹に溜まる。

それほどお腹が空いているわけではない現状、ポップコーンに加えてチュロスまで入り切るか分からない。

そこを不安視しているようだった。

「だからその……由弦さんも、半分、どうですか？」

「いいよ、分かった」

由弦はそれほどチュロスを食べたいわけではないが、しかし食べたくないわけでもない。

もらえるならば食べるし、半分程度ならばポップコーンと合わせても食べ切れる自信が

あった。

「味は……」

「君が選んでいいよ」

由弦の言葉に愛理沙は嬉しそうに微笑むと、すぐにチュロスを買ってきた。

ほんのりと甘い香りがする。

「何味にしたんだ？」

「キャラメルです」

ポップコーンではキャラメルを断念した愛理沙だったが、やはり未練があったようだ。

「美味しいです」

目的地であるアトラクションの列に並ぶと、愛理沙は早速、チュロスを齧った。

幸せそうな表情を浮かべる。

「愛理沙……」

「はい」

俺にくれるんじゃなかったか？

と、由弦が言い切る前に愛理沙は由弦の口元にチュロスを差し出した。

由弦は口を開き、チュロスを齧る。

「どうですか？」

「うん、甘い」

「それは良かったです」

愛理沙は満面の笑みを浮かべた。

※

「わぁ！　凄く綺麗です‼」

日が落ちた後。

イルミネーションで彩られたパレードの動画を携帯電話で撮影しながら、愛理沙は嬉しそうにそう言った。

「うん、本当だ。可愛い」

由弦もまた、興奮した様子で飛び跳ねる愛理沙を見ながらそう言った。

誤解を恐れずに言えば由弦は愛理沙ほど、この手のイルミネーションやパレードの類いには興味がなかった。

しかし嬉しそうな婚約者の姿を見られただけで、十分に満足することができた。

そして楽しい時間はあっという間に過ぎ、パレードは終わった。

閉園時間も近づいてきている。

「うーん……ちょっと揺れすぎですかね」

愛理沙は自分の携帯を確認しながら、渋い声を上げた。

撮影中、興奮のあまり何度も飛び跳ねたせいか、あまり綺麗に映像が撮れなかったようだ。

「心に焼き付いたなら、それでいいんじゃないか？」

撮影に必死で楽しめなかったよりは、楽しみすぎて上手く撮影できなかった方が良いように思える。

「そうですけど……写真も撮っておけば良かったです」

「それはちゃんと撮影したよ」

「本当ですか⁉」

愛理沙の言葉に由弦は頷き、自分の携帯画面を見せた。

そこには携帯を片手に、弾けるような笑顔で飛び跳ねている愛理沙が写っている。

「わ、私、こんな顔を……」

「可愛いよ。ホーム画面に使おうと思ってる」

「絶対にやめてください」

由弦の冗談半分の言葉に対し、愛理沙は低い声でそう言ってから由弦を睨みつけた。

由弦は可愛く撮れていると思っているが、愛理沙は自分の顔や表情に不満があるようだった。

撮られることを前提にした笑顔ではないからだろう。

「そもそも肝心のパレードの方があまり写ってないじゃないですか」

「大事なのは思い出だろう？　君がここにいたという証の方が大切じゃないか」

「それなら由弦さんも写らないとダメじゃないですか？」

「……それは、まあ、そうか」

もちろん、この遊園地で二人は何枚もツーショット写真を撮っている。

しかし先ほどのイルミネーションとパレードについては写真を撮れていなかった。

「なら、次はちゃんと撮ろうか」

「次……そうですね！」

由弦の言葉に愛理沙は嬉しそうな表情を浮かべた。

それから少しだけ寂しそうな表情を浮かべる。

「……じゃあ、今日は帰りましょうか」

「そうだね。あまり遅くなると良くないし。お土産買って、帰ろう」

二人は後ろ髪を引かれる思いで、帰路に就くのだった。

※

二人が愛理沙の家の前に到着した頃には、すでに夜も更けていた。

「今日はありがとうございました。楽しかったです」

愛理沙は由弦の前で軽く頭を下げた。

今回、遊園地でのデートを計画し、予約を取ったのは主に由弦だった。

もちろん、入園料や宿泊費は二人で出し合ったが。

「いや、俺も楽しかった。君のおかげだ」

高校生にもなると、遊園地に行く機会も減る。

由弦にとっては家族と数年前に行って以来だった。

愛理沙がいなければ由弦も行こうという気にはならなかっただろう。

遊園地を楽しむ機会をくれたのは愛理沙だった。

「そう言ってもらえると嬉しいです。……また来年も行きたいです。今度は夏とか」

「それは良い考えだ」

冬と夏では楽しみ方も違うし、見られるイベントも異なる。

遊園地全体の雰囲気も大きく変わるだろう。

「……あと、今度は西の方に行ってもいいかもね」

「西、ですか。あぁ！　なるほど、それもいいですね。私、そっちは行ったことがないので！」

「機会を見つけて、いろいろなところに行こう」

機会はたくさんある。

由弦は自分で自分に言い聞かせるようにそう言った。

今回、由弦には少しだけ心残りがあった。

それは……

（もうちょっと、恋人っぽい楽しみ方をしても良かったかもなぁ）

ロマンティックな雰囲気の中で、甘いキスをする。

という体験はあまりできなかった。

キスをしたのも寝る前の「おやすみ」だけだ。

（思ったよりも、愛理沙が子供っぽかったなぁ）

由弦は遊園地ではしゃぐ愛理沙を思い出しながら苦笑した。

小学生のような楽しみ方をする愛理沙に、毒気を抜かれてしまったのだ。

もちろん、由弦としてはそれはそれで良い物を見たという気持ちでいる。

嬉しそうな、幸せそうな愛理沙を見られるだけで由弦は満足だった。

百点満点中、百二十点のデートだったと言える。

しかし同時に求めていたもの、想定していたものとは少し違ったのも事実だ。

「……由弦さん？」

「え？　あぁ、すまない。えっと……何か、言ったかな？」

気が付くと愛理沙は由弦に近寄っていた。

じっと、由弦を上目遣いで見つめている。

「いえ、別に何も言ってませんが……」

由弦が聞き返すと愛理沙は仄かに顔を赤らめ、恥ずかしそうに目を逸らした。

それから意を決したように由弦に視線を向けると、由弦の肩に両手を置いた。

「あ、愛理……」

「んっ」

気が付くと由弦の唇は愛理沙に塞がれていた。

五秒ほど、長めの接吻をしてから愛理沙はゆっくりと由弦から唇を離した。

そして三歩後ろに下がってから、踵を返した。

「また明日、です」

「あ、あぁ！　また明日」

愛理沙は逃げるように家の中に入ってしまった。

取り残された由弦は自分の唇に触れる。
そこにはまだ愛理沙の体温が残っていた。
「……愛理沙も少し、欲求不満だったのかな？」
今回はいつもの「さよなら」よりも、長かった。
それはきっと、愛理沙も自分と似たような気持ちを抱いていたからに違いない。
由弦はそうであることを願いながら、帰路に就いた。

第二章　婚約者と新年

大晦日の夕方。

「海老の背ワタはこの部分に爪楊枝を刺して……こうすると、抜けます。やってみてください」

「ふむ……こ、こうかな？」

「そう。上手です」

由弦と愛理沙は二人で海老の背ワタを抜いていた。

厳密に言えば、「年越しそば」に乗せる「海老天」を作るために海老の下処理をしていた。

「そう言えば……彩弓ちゃんですけれど」

「彩弓がどうかしたのか？」

「インフルエンザの予防接種は受けていたんですか？」

「受けていたんじゃないか？　うちは毎年、受けてるし……」

「受けてるのに罹っちゃったなら、打ち損じゃないですか」

由弦の妹、高瀬川彩弓は、現在季節性インフルエンザにより寝込んでいた。

大晦日であるにもかかわらず、由弦が実家に帰らずに愛理沙と過ごしている理由がそれである。

彩弓が寝込んだため、例年高瀬川家で行われるイベントが全て中止になったのだ。

「……いや、打った分、症状は軽くなっているはずだから。むしろ打って良かったと言える」

「ふーん……」

「納得してなさそうな顔だね……克服したんじゃないのか？」

由弦がそう尋ねると、愛理沙は首を左右に振った。

「まさか。別に注射くらい、今の私はどうということもないですよ？　ただ……気の毒だなと、思っただけです」

「そうか、それは良かった。じゃあ来年も注射、大丈夫だね」

来年は――試験を受けるのは再来年になるが――由弦も愛理沙も大学受験を控えている。

今年よりもむしろ、来年の方が重要と言えるだろう。

「え、ええ……だ、大丈夫ですよ。ただ、その……付き添ってくれますよね？　来年も……」

愛理沙の言葉に、由弦は以前愛理沙の付き添いで病院に行ったことを思い出した。

少し……否、とてつもなく恥ずかしかったのを覚えている。

正直なところ、二度目は嫌だった。

「……もちろん」

しかし注射を頑張って受けようとしている婚約者に嫌とは言えない。

由弦は何とか首を縦に振った。

「……今の間は何ですか？」

「他意はないよ」

「そうですか？　……由弦さんが嫌でも、付き添ってもらいますからね？　覚えておいてください」

どうやら病院での付き添いは由弦の意思とは無関係に強制らしかった。

とはいえ、条件付きとはいえ愛理沙が自分から注射を打つ覚悟を決めてくれていることは、由弦にとっては喜ばしいことだ。

「分かっているよ。来年は一緒に打ちに行こうか」

「はい、そうしましょう」

そんな〝病院デート？〟の約束をしているうちに、海老の下処理が終わった。

後はその他にも用意された野菜と一緒に、油で揚げるだけだ。

「揚げるのは……不安なので、私がやります。由弦さんはお蕎麦(そば)を茹(ゆ)でてください。……できますよね？」

「当たり前じゃないか。茹でるだけだろう？」

蕎麦を茹でるくらい、何の問題もない。

素麺やインスタントラーメンを茹でるくらいは、由弦もできるからだ。

「そうですか？　……茹でた後、ちゃんと水で締めてくださいね」

「水で……締める？」

「流水で洗うということです。……できますよね？」

「できるけど……えっと、温かい蕎麦だよね？　これから作るのは」

水で洗ったら冷えてしまう。

そんなことをせず、蕎麦汁に直接入れた方が良いのではないかと由弦は愛理沙に尋ねた。

「……冷やした方が食感が良くなるんです。覚えておいてください」

「なるほど。けど、冷たい蕎麦を入れたら汁が冷めるんじゃないか？　それは……」

「お蕎麦を入れてから、再度加熱します。……指示はその時出すので、とりあえず茹でるところまでやってください」

「わ、分かった……」

由弦は頷くと、鍋に水を張り、お湯を沸かす。

そうしている間にも愛理沙はテキパキと天ぷらを揚げていく。

「表示通りでいいんだよね？」

お湯を沸かしてから、由弦は愛理沙に再度そう尋ねた。

すると愛理沙は一瞬だけ、視線を由弦の方へと向けた。

「はい。表示通りです。……ちゃんと時間は測ってくださいね？」

「分かってる」

由弦は携帯を取り出し、タイマーをセットしてから蕎麦を鍋の中に入れた。

愛理沙に言われるまま、表示通りに茹でる。

「茹で上がったけど……どうすればいい？　ザルに入れて洗えばいいのかな？」

「それでもいいですけれど、蕎麦湯が勿体ないので……そうですね。一度ボウルに蕎麦だけ移して、それから台所でザルに移してから、洗ってください」

「分かった」

由弦は愛理沙に言われるままに蕎麦をお湯から取り出し、ボウルから再度ザルに移して、流水で洗った。

流水で洗いながら愛理沙に尋ねる。

「どれくらい洗えば良い？」

「熱がなくなるまでです。終わったら、しっかりと水気を切ってください」

「分かった」

由弦は愛理沙の指示をしっかり守り、水で蕎麦を締める。

一方で愛理沙は由弦が心配で仕方がないのか、天ぷらを揚げながらも、チラチラと由弦の方へと視線を向けている。

「終わったけど……次はどうする？」

「そうですね。……こっちももう揚げ終わりそうですし、蕎麦汁に入れてしまいましょう。お蕎麦を入れてから、温めてください」

蕎麦汁は愛理沙が事前に作っており、小さな鍋の中に入っていた。

由弦は水をしっかりと切り終えた蕎麦をその中に入れて、火にかけて加熱した。

十分に温まったと判断したところで、火を止める。

「終わったよ」

由弦がそう言って愛理沙の方を向いた。

愛理沙はすでに天ぷらを揚げ終えていた。

「こちらも丁度終わりました。器に入れましょう」

由弦は用意していた器に汁ごと、蕎麦を入れた。

その上に愛理沙が天ぷらを盛っていく。

そして最後に軽く、小葱を散らして……完成だ。

二人はリビングまで蕎麦を持って行く。

そして手を合わせ……

「「いただきます」」

二人で作った蕎麦を食べ始めた。

※

「ふぅ……美味しかった。……やっぱり、愛理沙の料理が一番だね」

蕎麦湯を飲みながら由弦は愛理沙にそう言った。

今年の年越しそばは、例年、実家で食べている物よりも美味しかった。

それは大切な婚約者と一緒に食べるからであり……

また、婚約者の料理が由弦にとってもっとも美味しいからでもある。

「今回は由弦さんも作ったじゃないですか」

「うん、まあ、確かに手伝いはしたけどね」

とはいえ、由弦は簡単な作業しかしていない……させてもらえなかった。

それに基本的には愛理沙の指示に従う、ロボットのように行動していた。

だから殆ど、愛理沙作である。

「以前よりも上手になりましたね」

「そうかな？」

愛理沙の言葉に由弦は思わず笑みを浮かべた。

愛理沙の手伝いをするようになって、随分と経つが……ようやく愛理沙に認められるようになったようだ。

「ええ。前は付きっ切りじゃないと不安でしたが、最近は少し目を離しても良いかなと思えるようになりました」

「……俺は幼児か何かか？」

「そうですね。ようやく、二本足で立って歩けるようになったかなという感じです」

「手厳しい……」

とはいえ、愛理沙の料理のレベルからすると確かにその程度だろう。

反論することはできなかった。

「テレビでも見ようか。選んでいいよ」

由弦は愛理沙にリモコンを手渡しながら言った。

見たい番組がないわけではないが、それ以上に愛理沙が何を選ぶのかが気になったのだ。

「そうですね……」

愛理沙はリモコンをテレビに向けて、何度かチャンネルを変えた。

そして最終的に選んだのは、お笑い系の番組だった。

少し意外な選択肢だった。

「……家ではあまり見ないので」

どうやら顔に出てしまっていたらしい。

愛理沙は言い訳するように、苦笑しながらそう言った。

「なるほどね……」

由弦の脳裏に愛理沙の養母の顔が浮かぶ。

確かにこういうのはあまり好きそうではない。

「……お嫌いでしたか？」

「いいや、まさか。俺も見たことないし、いいんじゃないかな」

もちろん、お笑い番組を人生で一度も見たことがないわけではない。

しかし年末にやっている、この恒例番組は見たことがなかった。

「見たことないんですか？」

「我が家のチャンネル権は年功序列だからね」

「あぁ……」

由弦の言葉に愛理沙は苦笑した。

年功序列、つまり番組を選ぶ権利があるのは由弦の祖父、高瀬川宗玄（そうげん）ということだ。

宗玄は決してお笑い番組が嫌いというわけではないが、年末は歌番組を見たがる。

もちろん、由弦や彩弓のような孫世代が駄々（だだ）を捏ねれば譲ってくれるだろう。

しかし駄々を捏ねたことは一度もない。

由弦も彩弓も歌番組が嫌いというわけではないからだ。

それを見て育ってきているのだから、当然と言えば当然の話だが。

たまに話をしながら、二人はテレビを見て寛(くつろ)ぐ。

番組も終盤に差し掛かったところで、愛理沙が立ち上がった。

「どうした？」

「除夜の鐘が聞こえた気がします。……はい、撞(つ)いてますね」

窓際で耳を済ませながら愛理沙はそう言った。

もうそんな時間かと由弦は少し驚き、リモコンを手に取った。

「消した方がいいかな？」

「そうですね、私としては聞きたいですが……ここは由弦さんのお家ですから」

「それなら消そう。俺も聞きたい」

由弦はそう言ってテレビを消した。

途端に部屋の中が静かになる。

そして低く響き渡るような鐘の音が外から聞こえてきた。

「お、はっきり聞こえた」

「もう……今年も終わりなんですね」

愛理沙はしみじみとした表情でそう言った。

由弦も鐘の音に耳を傾けながら、今年の出来事について思いを巡らせた。

「そう言えば……お願いは叶った？」

「……お願い？」

「今年の初詣のお願い」

由弦がそう答えると愛理沙は苦笑した。

愛理沙が約一年前、神社で願ったのは「今年も由弦さんと一緒に過ごせますように」という内容だった。

聞くまでもない。

今も一緒にいるのだから。

「はい。……由弦さんはどうですか」

「俺も叶ったよ」

由弦も苦笑しながら答えた。

由弦の願いも愛理沙と同じなのだから、言うまでもない話だ。

「初詣と言えば……明日の朝は早いですから。鐘が鳴り終わったら、早く寝ないとですね」

今年は友人たちと一緒に、初詣に行く約束をしている。

初日の出を拝もうというわけではないので、日が昇る前に起きる必要はないが、それでも約束は午前中のそれなりに早い時間帯だ。

「そうだね」

由弦は愛理沙の言葉に頷いた。

二人ともすでに入浴は済ませているため、後は寝るだけだ。

「しかし……そうか。今年ももう終わりか」

由弦はそう言いながら愛理沙の顔をまじまじと見つめた。

愛理沙は不思議そうにきょとんと首を傾げる。

由弦はそれでも尚、見つめる。

愛理沙は困った様子で苦笑いを浮かべる。

さらに由弦が顔を近づけると、さすがに恥ずかしくなったのか目を背けた。

「な、何なんですか……一体」

「今年の愛理沙も見納めだから、今のうちに見ておこうと思って」

「あと一時間で変わりませんよ」

「それを言ったら新年にも何もないじゃないか」

由弦はそう言いながら愛理沙の肩に手を置き、自分の方へと引き寄せた。

愛理沙は由弦の意図を察したのか、渋々という態度で——しかし満更でもなさそうな表情で――由弦に顔を近づけた。

「今年最後の……いいかな？」

「……ご自由にどうぞ」

由弦は愛理沙の言葉通り、ご自由にすることにした。

片方の手を背中に回して抱き寄せ、もう片方の手を頭の後ろに回して顔を支える。

「んっ……」

そして唇を合わせた。

今年最後の接吻(せっぷん)ということもあり、普段よりも長く、そして深くする。

それからゆっくりと、唇を離した。

同時に鐘が鳴る。

二人は揃(そろ)って時計を見た。

時刻は丁度、二十四時。

一つの年が終わり、一つの年が始まった。

「明けましておめでとう、愛理沙」

「はい。おめでとうございます」

二人は笑みを浮かべた。

それから由弦は愛理沙に切り出す。

「ところで新年最初の……」

由弦が言い終わるよりも先に、愛理沙の唇が由弦の唇を塞いだ。

先手を取られた由弦は目を大きく見開いた。

愛理沙はゆっくりと唇を離す。

「今年の由弦さんの初めて、もらっちゃいました」

唇に指を当てながら、愛理沙は悪戯っぽく微笑んだ。

※

元日、早朝。

「わぁ……このお餅、凄く美味しいですね」

愛理沙は磯辺焼きにした餅を口に運び、目を丸くしてそう言った。

餅を焼いたのは由弦だが……もちろん、オーブン任せであって、由弦が天才的な調理の才能を発揮したわけではない。

餅の質が良いだけだ。

「餅は餅屋というだけはある……かな？」

愛理沙の言葉に由弦は頷きながら、焼き餅を齧る。

正月になると、いつも実家で食べている餅の味だ。

由弦の実家は毎年、専門店から餅を購入している。

今年はそれをマンションに郵送してもらったのだ。

「それよりも君の作ってくれたお雑煮の方が、俺は感動的だ」

由弦は雑煮のすまし汁に舌鼓を打ちながらそう言った。

醤油(しょうゆ)風味の関東風の出し汁には、鰹(かつお)と昆布の旨味と香りがしっかりと溶け込んでいる。

焼いた餅は普段と変わらないが、雑煮に入った餅は全くの別物だ。

出汁(だし)を吸い込み、何倍も美味しくなっている。

「そう言っていただけると嬉(うれ)しいです。……来年も機会があったら、作りますね」

「来年と言わず、できれば毎日作って欲しい」

由弦がそう言うと愛理沙は苦笑した。

「またまた。……飽きても知りませんよ？」

「君の料理に飽きるなんてことはないが……味噌汁(みそしる)が飲めなくなるのは嫌かも」

愛理沙の言葉に由弦は思い直した。

雑煮も捨てがたいが、しかし愛理沙の味噌汁が全て雑煮に置き換わってしまうのは非常に残念だ。

「お味噌汁と言えば……関西風のお雑煮は白みそ仕立てで、美味しいですよ。お味噌汁とは少し違いますが……」

「……関西風？　え、作れるの？」

「本場の物と同じ味になっているかは分かりませんが……作れるか作れないかで言えば、作れますね。私の家では飽きないように日替わりにしてますから」

「へぇ……」

由弦は関東の生まれなので、関西風の雑煮は食べたことがない。

だからこそ、非常に気になった。

「……食べたい、ですか？」

「食べたい」

「じゃあ、明日はそうしましょう」

丸餅はないので、本当の意味での関西風にはなりませんけどね。

と愛理沙は苦笑した。

もっとも、愛理沙にとっては気になるポイントなのかもしれないが、由弦が気になるのは美味しいか美味しくないかだ。

餅の角一つが味に大きく影響するとは思えなかったので、由弦にとってはどうでもよいところだった。

「ところで愛理沙。餅の食べ方のバリエーションって、どれくらいあったりする？」

「……バリエーションですか？」

「俺は磯辺焼きか、砂糖醤油か、黄な粉くらいしか、思い浮かばないのだが……」

いくら美味しくても、毎日食べれば飽きる。

そして餅の量は毎年、正月だけでは食べ切れないほど多かった。

実家でも持て余し気味だったからか……

由弦の部屋に送られてきた量は、由弦が正月に一人で食べる分としてはあまりに多かった。

冷凍すれば長持ちするからというのは由弦の母親の言葉ではあるが、由弦も餅は嫌いではないにしても大好きではない。

どこかで飽きてしまうのは目に見えていた。

「そうですね。由弦さんが挙げた食べ方は確かに美味しいですけれども……他にもあると言えばありますよ」

「……例えば？」

「メジャーなところだと、ベーコンでチーズとお餅を巻いて食べたり、とかですかね」

「おぉ……」

確かにそれは美味しそうだった。

そもそもベーコンとチーズだけで美味しいので、不味(まず)いわけがない。

「他にはある？」

「他ですか？　生卵と合わせるとかはどうですか？」

「生卵⁉　いや、でも、そうか。相性は悪くないのか……」

卵かけごはんという食べ物がある。

由弦も面倒な時は頼ることがある、手軽で美味しい料理の代表格だ。

卵と白米の相性は非常に良い。

ならば、卵と餅の相性が悪いわけがない。

「バターと納豆の組み合わせも美味しいですよ」

「なるほど。……白米に合う物は殆ど合うのか」

生卵が美味しいなら、納豆だって美味しいだろう。

「調理に手間は掛かりますが、パリパリになるようにフライパンで焼いて、ピザみたいにすることもできます」

「おぉ！　それは良さそうだ」

餅感は失われてしまいそうだが、味どころではなく食感にすら飽きてきた頃には丁度良さそうだった。

後でレシピを教えてもらおうと由弦は決意した。

と、そんな餅の食べ方トークで盛り上がりながら、二人は雑煮と餅を食べ終えた。

「では……私は少し準備があるので。先に行ってますね」

片づけを終えると愛理沙はそう言った。

事前に「準備があるから、一緒に行くのではなく、待ち合わせしよう」とは言われていたので由弦には特に驚きはなかった。

「準備ね」

由弦は苦笑した。

愛理沙の準備とやらが何か、おおよその見当はついていた。

言い当てることは難しくはないが……

そんなことをするほど、由弦も無粋ではない。

「じゃあ、後でゆっくりと行かせてもらうよ」

「はい。……期待しててくださいね」

こうして由弦は一度、愛理沙と別れたのだった。


しばらく時間が経過してから、由弦は神社の最寄り駅へと向かった。

そこにはすでに宗一郎（そういちろう）がいた。

「待たせた」

「本当だよ、全く」

「……そこは今来たところと言うべきじゃないか？」

遅いぞ！

と、不機嫌そうな表情の友人に対して由弦は苦笑しながら言った。

「俺はお前の彼氏じゃない。当然、婚約者でもないからな」

「まあ、それもそうだが」

宗一郎の言葉に由弦が笑うと、宗一郎も笑った。

不機嫌そうな態度は、彼なりの冗談だ。

集合時間にはまだまだ余裕はあるし、そもそもまだ来ていない人間が二人いる。

「そう言えば、お前は愛理沙さんと一緒には来なかったのか？」

「準備があるから先に行くって言われてね。この分だと、準備に少し時間が掛かっているようだけれど」

「なるほど。……まあ、俺も似たようなものだが」

由弦の言葉に宗一郎は納得の表情を浮かべた。

由弦と宗一郎が雑談を始めてしばらく。

背後から元気そうな声が聞こえてきた。

「宗一郎君、ゆづるん。ごめんね、待った？」

そう言いながら現れたのは、真っ赤な着物を身に纏（まと）った由弦の幼馴染（おさななじ）み。

橘（たちばな）亜夜香（あやか）だった。

今回は軽く化粧もしているらしい。

元々大人びた顔立ちではあるが、今日は一段と磨きが掛かっている。

「お待たせしてすみません。……少し手間取りまして」

そして亜夜香の陰から、控えめな声と笑みを浮かべながら、亜麻色の髪の少女が現れた。

由弦の婚約者、雪城愛理沙だ。

緑の生地に、紅い華が描かれた着物を身に纏っている。

髪も結い上げ、軽く化粧をしている愛理沙は……

普段も言うまでもなく美しいが、また違った美しさがあった。

待たせてごめんね？

と、女の子二人から言われた男二人は揃って首を左右に振った。

「「いいや、今、来たところだ」」

そして由弦は愛理沙の、宗一郎は亜夜香の手を取った。

「じゃあ、行こうか」

「はい」

「行くぞ」

「うん」

四人はゆっくりと――下駄を履く女の子二人の速度に合わせながら――歩き始めた。

※

「千春ちゃんや天香ちゃんはともかく、ひじりんは残念だね」

歩き始めてから亜夜香はあまり残念ではなさそうな表情でそう言った。

千春と天香の実家は関西なので、当然、一緒に初詣には行けない――そもそも実家が神社である千春は、実家の手伝いで忙しい。

一方で聖は由弦たちと比較的距離の近い場所に住んでいるので、初詣には誘った。

「……いろいろと忙しいみたいだからな」

宗一郎は苦笑しながらそう言った。

聖は聖で、実家で年末年始にやることがあり――普段から付き合いのある人たちが来訪するため、それを出迎える準備が必要なのだ――で忙しい。

だから初詣には来られない。

と、そういうことにはなっている。

「家、近いんだし、少し詣でるくらいならそんなに時間掛からないと思うけどなぁ……」

亜夜香は不思議そうに首を傾げた。

橘家でも当然、客人を迎えるための準備などがあるが……その辺りについて、亜夜香は自分の手でやるという発想はあまりない。

指示と最後の確認だけすれば、後は使用人にやらせれば良いと思っているからだ。

そしてその発想はあながち間違っているとは言えない。

良善寺家も、良善寺家の家人だけで切り盛りしているわけではないので、聖が少し抜け出したところで大きな支障が生じるはずがない。

だから聖の「忙しい」というのは半分本当で、半分は言い訳だ。

（……ダブルデートに付き合いたくない、か）

由弦は聖の言葉を思い出し、思わず苦笑した。

要するに気を遣ってくれたのだ。

もっとも、気まずい気持ちもあったのだろうが。

「わぁ……屋台がたくさん！　お祭りみたいです!!」

神社の前まで来たところで、愛理沙は手を叩き、楽しそうに笑った。

道の両脇には初詣に来た人をターゲットにした屋台が立ち並んでいる。

キョロキョロと辺りを見渡し、どんな物が売っているのか、興味深そうにしている。

「……とりあえず、参拝してからにしようか？」

屋台から漂う美味しそうな匂いに釣られそうになった愛理沙を、由弦は軽く引っ張りながら言った。

すると愛理沙はハッとした表情を浮かべる。

「え、えぇ……そ、そうですね。当然です」

そしてすましたような表情を浮かべる。

四人は寄り道せず、真っ直ぐ神社まで行き、参拝を済ませた。

「……今年はどんなお願いにした？」

由弦が尋ねると、愛理沙は悪戯っぽい表情を浮かべる。

「去年と同じです。由弦さんは？」

「俺も去年と同じ」

由弦と愛理沙は顔を見合わせて笑う。

そんな二人に亜夜香が興味津々という様子で首を突っ込んできた。

「何々？　去年と同じって？」

「内緒だ」

「内緒です」

由弦と愛理沙が笑いながら答えると、亜夜香は不満そうな表情を浮かべた。

由弦と愛理沙が〝二人だけの秘密〟を持っていることで、仲間外れにされたような気持ちになっているらしい。

「えー、内緒にされると気になるなぁ……」

「どうせ、来年もイチャイチャしたいみたいな内容だろうさ」

宗一郎が亜夜香を宥めるように言った。

あまりの言い方に由弦も愛理沙も一言言ってやろうと思ったが、おおよそ当たっているので何も言えなかった。

「せっかくだし、絵馬でも書かないか？」

亜夜香を窘めた宗一郎は、由弦たちに向き直るとそう言った。

彼が指さす方向を見ると、確かに絵馬が売られている。

「いいんじゃないか？」

「そうですね」

宗一郎の狙いには薄々気付きながらも、由弦と愛理沙は頷いた。

絵馬を購入し、その場で借りたマジックで願い事を書く。

——来年も婚約者と一緒に過ごせますように。

——来年も婚約者と一緒にいられますように。

由弦と愛理沙はそれぞれ願い事を書き、専用の場所に奉納した。

亜夜香はそれを覗き込むと、宗一郎の方を向いて笑う。

「さすが、宗一郎君。大当たり」

「だろ？」

「「……」」

亜夜香と宗一郎に笑われ、由弦と愛理沙は思わず眉を顰めた。

仕返しにと、二人が奉納した絵馬を確認する。

――叔父さんに良い相手が見つかりますように。

――弟の恋が実りますように。

「「……」」

書かれていた内容は、自分ではなく他者の幸福を祈るという……非常に優等生な内容だった。

これでは粗を指摘するのが難しい。

もっとも、ツッコミどころが全くないわけでもない。

「弟の恋って、それうちの妹……」

「いやはや、ご利益があるといいのだがな」

宗一郎は由弦の肩を上機嫌に叩いた。

その後、四人はおみくじを引く。

修学旅行ではあまり良い結果ではなかった由弦と愛理沙だが、今回は大吉だった。

幸先の良いスタートに二人はホッとする。

……もっとも、宗一郎も亜夜香も大吉だったことから、ここのおみくじは殆ど大吉しか出ない疑惑もあるが。

「あれ？　愛理沙……破魔矢なんて買うのか？」

「はい。部屋に置こうかなと……変ですかね？」

「いや、変ではないと思うけど……」

数百円で買えるお守りとは異なり、破魔矢は数千円はする。

女子高生が自分用に購入するにしては、少し高めの買い物だ。

「お金には少し余裕があるので。どうせなら、効果が高そうな物がいいかなと」

「なるほど……？」

由弦はイマイチ納得できなかったが……。

愛理沙は嬉しそうに破魔矢を眺めたりしているので、ヨシとした。

案外、修学旅行で木刀を購入するような感覚で買ったのかもしれない。

「とりあえず、用事は終わりましたし……」

宗一郎と亜夜香がお守りを選び、買い終えたところで愛理沙はそわそわとした様子で遠慮がちに切り出した。

由弦は笑みを浮かべながら頷(うなず)く。

「屋台、見に行こうか」

「はい！」

嬉しそうに愛理沙は頷いた。

由弦は宗一郎と亜夜香に「行くよな？」と目配せをする。

二人は苦笑しながら頷いた。

※

「最初はどうしましょうか？」

「私は温かい物が食べたいなぁ……ほら、あのおでんとか」

「いいですね！　そうしましょう」

愛理沙と亜夜香の二人は勝手にそう決めると、スタスタとおでんの屋台へと向かってしまった。

由弦と宗一郎は慌てて二人の後を追う。

「私は大根と卵と昆布と……由弦さんは何が良いですか？」

「え？　あぁ、俺は別に……」

朝は食べてきたし。

と、由弦は言おうとしたが、愛理沙の意図に気付いて口を噤んだ。

「……愛理沙のおすすめでいいよ」

「そうですか？　じゃあ……こんにゃくと、しらたきと……あれ、ウィンナーですよね？

……ウィンナーにしましょう」

注文を終えると、愛理沙は箸を使って器用におでんの具材を半分にし始めた。

いろいろな具材を食べたいが、全部は食べ切れないので半分食べて欲しい。

愛理沙の意図はそういうところだったようだ。

「おでんにウィンナーって、イロモノかなと思ったんですけれど……意外と美味しいです
ね」

「イロモノかな？　割と一般的な気がするけど……ポトフにも入れるし」

「ポトフは洋風じゃないですか。おでんに入れたら、味が変わっちゃうような気がします
が……和風でも意外と合うんだなと」

由弦にとってはおでんにウィンナーが入っているのは、決して珍しいようなことではな
かったが、愛理沙にとっては意外な発見だったようだ。

おでんの具材は家庭によって異なる。

そしてコンビニ等で購入しない限りは、外で食べるような機会も少ない。

自分の家のおでんに入っていない具材が奇怪に映るのは、当然と言えば当然だ。

「入れるなら、お出汁(だし)は洋風に寄せた方がいいのでしょうか？　いや、でもそれだとポト

フになっちゃうし……」

「……そんなに一生懸命に考えなくても」

真剣におでんの料理方法に考えを巡らす愛理沙に由弦は苦笑した。

もちろん、愛理沙の料理が美味しくなるのは大歓迎ではあるが、今考えることではない。

「いや、でもこれは重要な問題で……」

「じゃあ、今度、試作品を食べさせてくれ。俺も一緒に作るよ」

「むっ……私としては一番美味しい物を食べて欲しいのですが……」

「俺は愛理沙がどんな風に味を研究しているのかも気になる」

由弦の言葉に愛理沙は恥ずかしそうに頰を搔いた。

「そうですか？　……由弦さんがそう言うなら。……由弦さんの感想も、大事ですものね」

そんな二人のやり取りを聞いていた亜夜香は、唐突に宗一郎に向き直った。

「はい、宗一郎君。あーん」

「な、何だよ、急に」

「いや、こっちも対抗しようかなって」

「別に張り合う必要もないだろ」

唐突にイチャイチャし始める二人。

由弦と愛理沙は顔を見合わせる。

「外から見ると、ああ見えるのか……」

「……私たちも気を付けましょう」

二人は今更ながら、そんなことを思った。

※

「あぁ……温まる……」

「甘くておいしいですねぇ」

甘酒を飲みながら、亜夜香と愛理沙は幸せそうな表情を浮かべた。

すでにおでん、タコ焼きに続けて三軒目の屋台だ。

最初から行きたそうにしていた愛理沙はもちろん、「付き合ってやるか」という態度だった亜夜香も、愛理沙と同じくらい楽しそうに飲み食いしている。

「愛理沙さんって、朝食べてないのか？」

宗一郎は由弦に小声で耳打ちした。

由弦は困惑しながらも首を左右に振る。

「いや、俺と同じくらい食べていた気がするんだが……」

由弦は愛理沙が作ってくれた美味(おい)しい雑煮を食べた後ということもあり、それほど食欲はない。

　だが愛理沙はそうでもないようだった。

「ちなみに亜夜香ちゃんは？」

「メールでは食べてくるって言ってたけどな。……屋台ではあまり食べないようにするって」

　宗一郎も不思議そうに首を傾げた。

　彼も由弦と同様に朝食を食べてきているので、あまり食欲はないようだ。

「正直、キツいよな」

「あぁ……もう、苦しくなってきた」

　由弦も宗一郎も愛理沙や亜夜香に付き合って、一緒に食べていた。

　しかも二人よりも食べた量は多かった。

　自分たちは女の子だから、こんなにたくさん食べられないけど、男の子ならこれくらいは食べられるよね？

　という感じで、半ば押し付けられていた。

　もちろん、それは愛理沙や亜夜香の二人が一方的に悪いというわけではない。

　二人とも、ちゃんと由弦と宗一郎が食べられるかを確認してくれている。

　そこで見栄を張って「これくらいは余裕」と答えてしまった、由弦と宗一郎が悪いのだ。

「次は何にしようか？」

「私、あの串に刺さったポテトチップスみたいなのが気になります」

「あぁ、トルネードポテトね。いいね」

甘酒を飲みながら、愛理沙と亜夜香は次に食べる物を相談していた。

由弦と宗一郎は顔を見合わせる。

「どうする？　止めるか？」

「……余裕って言ったばっかりで、今更無理と言うのはなぁ」

見栄を張ってしまった手前、ギブアップとは言い出し辛かった。

しかしこれ以上食べるのは由弦も宗一郎も辛い。

「上手い事、説得するかぁ……」

「そうだな。……二人もお腹は膨れているだろうし」

二人は愛理沙と亜夜香が甘酒を飲み終えたところを見計らい、声を掛けた。

「そろそろ解散にしないか？」

由弦は開口一番にそう切り出した。

すると亜夜香は不思議そうな表情を浮かべた。

「急だね。……何か、予定でもあるの？」

亜夜香は愛理沙へと視線を向けながらそう尋ねた。

由弦と愛理沙が正月を一緒に過ごしているのは承知の上だ。

デートの予定があるのかと思ったのだろう。

「いえ、特になかったと思いますが……？」

愛理沙は不思議そうに首を傾げた。

「いや、特に理由はないけどさ。もう、いい時間だし……少し寒いしさ。風邪を引くと良くないし」

由弦が気候を言い訳にすると、二人の顔に納得の色が浮かんだ。

愛理沙も亜夜香も寒さを感じないわけではない。

「じゃあ、最後に温かい物でも食べて終わりにする？」

「そうですね。おしることか、どうですか？」

「いいね。さっき、あっちの方で見かけたし……」

最後に何か食べてから帰る流れになってしまった。

しかし由弦の腹は限界に近い。

食べられないこともないが、できれば食べたくなかった。

「い、いや、さっき甘酒飲んだばかりだし、おしるこは……」

そう言い出したのは宗一郎だ。

彼もまた由弦と同様に限界に近かった。

しかしそんな宗一郎の表情に何かを察したのか、亜夜香は笑みを浮かべた。

「ははーん、さては限界なんでしょ？　正直に言えばいいのに」

「え？　……そうだったんですか？」

愛理沙もまた驚いたような表情を浮かべた。

由弦と宗一郎は揃って目を逸らした。

「い、いや、別にそういうわけじゃないけどさ？」

「あまり食べすぎると、ほら……正月明けがね？」

「正月太りって言うもんな」

由弦と宗一郎の言葉にニヤニヤとした表情を浮かべていた亜夜香の顔が引き攣った。

愛理沙もまた、深刻な表情で自分のお腹を撫でる。

「……まあ、私たちもお腹いっぱいだしね。この辺りにしておこうか」

「無理に付き合っていただくのも、申し訳ないですしね。解散しましょう」

亜夜香と愛理沙の二人はそう言うと、同意するように首を縦に振った。

由弦と宗一郎の二人は思わず胸を撫で下ろすのだった。

※

「……由弦さん、少し運動しません？」

帰宅した後、愛理沙は唐突にそう切り出してきた。

理由は言うまでもない。

今更ながら食べすぎたと思ったのだろう。

考えてみれば遊園地でのバイキングでも、随分と食べている。

この分だと正月が明けた頃には再び、ダイエットをしなければいけなくなってしまう。

そして食べすぎたのは由弦も同じだ。

正月が明けるまでは愛理沙と過ごすことを考えると、運動量は増やした方がいい。

……愛理沙の料理は美味しすぎるので、つい食べすぎてしまう傾向がある。

「いいけど、何をする？」

問題はどんな運動をするかだ。

手っ取り早いのはランニングや筋トレだが、正月にわざわざやりたいかと言われると微妙なところだ。

「羽根つきとか、どうでしょうか？　お正月ですし」

「羽根つきか。いいんじゃないか？」

伝統的な正月遊びにはいろいろな種類があるが、羽根つきはその中でも運動量が多そうだ。

問題があるとすれば、遊び道具が必要なことだろう。

少なくとも由弦は持っていない。

「買いに行こうか？　それともテニスのラケットとかで代用する？」

「ちゃんと用意してありますから、ご安心ください」

愛理沙はそう言うと、自分のトランクを引っ張りだしてきた。

どうやら羽子板も羽根も両方、揃っているらしい。

ダイエットとは無関係に最初から遊ぶつもりだったのだろう。

「おお！　さすが、愛理沙。じゃあ、早速やろうか」

「はい。ただ……一つ、足りない物がありまして」

「足りない物？」

由弦は思わず首を傾げた。

由弦が知る限り、羽根つきは羽子板で羽根を互いに打ち合ってラリーをするような、簡単なゲームだ。

特別な施設や道具が必要とは思えない。

「はい。墨汁持ってますか？」

「……墨汁？　あぁ、そう言えば罰ゲームがあるんだっけ？」

由弦は羽根つきを遊んだことはない。

しかし羽根を落とした方は顔に墨汁で落書きされるという罰ゲームのようなものがある

と、聞いたことがあった。

「罰ゲームではないですよ。厄を払うために顔に墨汁を塗るんです。だからちゃんと墨汁を顔に塗らないとダメなんです」

「なるほど。理由はよく分かったけど……いいのかな？　墨汁、落ちないと困るだろう？」

少なくとも由弦は墨汁を顔に付けたまま生活したくない。

それは愛理沙も同じなはずだ。

「化粧落としを使えば簡単に落ちます。それに……羽根を落とさなければいいだけの話ですよね？」

愛理沙はニヤッと笑みを浮かべてそう言った。

思わぬ挑発に由弦は呆気に取られたが、すぐに笑みを取り戻した。

「いいよ、分かった。……後悔しても知らないからな？」

「望むところです」

そうと決まれば話は早い。

二人は羽根つきの準備を始めた。

愛理沙はテーブルなどを退かしてスペースを作り、由弦は墨汁を用意した。

それから動きやすく、汚れても良い恰好に着替える。

「防音はしっかりしてるから、問題はないはずだけど……一応、下の階には気を遣いながらやろうか」

気を付けながらやるくらいなら、外でやれば良いではないか。

と、思うかもしれない。

しかし由弦も愛理沙も顔に墨を付けたまま、少しの間とはいえ外を歩き回りたくなかった。

そのため暗黙の了解という形で室内でやることになった。

「分かっています。では……はい！」

愛理沙は小さく気合いを入れながら、羽根を投げると、軽く板で打った。

カンと高い音が鳴り、羽根が宙を舞う。

「ほら」

由弦はそれを打ち返す。

弧を描きながら、羽根が愛理沙の板へと吸い込まれていく。

「はい」

再び羽根が打ち上がる。

由弦はそれを打ち返し、愛理沙も打ち返す。

二人とも運動能力は低くはなく、そもそも競い合っているわけでもないので、そのラリーは長く続く。

しかしいつかは必ず、終わってしまうものだ。

「あっ……！」

由弦の板のすぐ横を、羽根がすり抜けた。

原因は愛理沙が落下地点の調節を誤ったこと、そして由弦がそれをフォローし切れなかったからである。

どちらかが一方的に悪いというわけではない。

しかしルールはルールだ。

「じゃあ……由弦さん。覚悟してくださいね」

「……あぁ」

愛理沙は申し訳なさそうな表情を浮かべながらも、墨を付けた筆を由弦の顔に近づけた。

由弦は愛理沙が描きやすいように頬(ほお)を向ける。

柔らかい毛筆が由弦の顔をなぞる。

「ハートです。ふふ、可愛(かわい)いですよ」

クスッと愛理沙は楽しそうに笑う。

「……笑っていられるのも今のうちだぞ？」

由弦はそう言いながら羽根を板で打つ。

愛理沙もそれを打ち返す。

しばらくラリーが続き……今度は愛理沙が羽根を落とした。

「あぁ……」

「よし！　……じゃあ、じっとしててくれよ」

「はい。……変なものは描かないでくださいよ」

愛理沙はそう言いながら頬を由弦に向けた。

由弦は筆に墨を付けながら、この白い肌に何を描いてやろうかと考える。

これが男同士なら、汚い物を平気で描いてやるのだが……相手は大切な婚約者だ。

当然、そんな物は描けない。

「……よし」

少し考えてから、由弦は愛理沙の頬に筆を走らせる。

すると愛理沙は擽（くすぐ）ったそうに身悶えた。

「……何を描いたんですか？」

感覚的に「○」や「×」のような、ありがちな記号ではないと感じたのだろう。

そわそわした様子で由弦に尋ねた。

自分の顔によく分からない物を描き込まれたことは、やはり不安らしい。

「それは完成してからのお楽しみということで」

由弦は愛理沙の頬に書き込まれた「カ」という文字を見ながらそう言った。

これは一文字目なので、これだけで意味は通じない。

最低でも三回は愛理沙が羽根を落とさなければ、完成しない。

「……完成する前に、由弦さんの顔を墨塗れにしてあげます」

愛理沙はムッとした表情でそう言うと、板で羽根を打った。

こうして二人は顔に描くスペースがなくなるまで、羽根つきを続けた。

※

「う、うーん……これは酷いな」

羽根つきを終えた後。

手鏡に映るハート塗れの顔を見ながら由弦は思わず呟いた。

愛理沙が由弦の顔にハートを描き続けていたことは分かっていたが、実際に目にすると中々酷い。

一方で愛理沙はクスクスと楽しそうに笑う。

「ふふふ、可愛いですよ」

「……可愛い、か」

愛理沙の言葉に由弦は思わず笑ってしまった。

怪訝そうに眉を顰める愛理沙に、由弦は手鏡を突きつけた。

「なっ……」

すると愛理沙の表情が固まる。

愛理沙の頰には「カワイイ？」と書かれていた。

「これじゃあ、私がナルシストみたいじゃないですか」

恥ずかしさからか、愛理沙は僅かに頰を赤らめながらそう言った。

「いいじゃないか。本当のことだし」

「……それはどちらのことですか？」

「〝カワイイ〟方だよ。実際、愛理沙は可愛い」

「……ほ、褒めても何も出ませんよ」

由弦の言葉に愛理沙は照れ顔をした。

〝チョロい〟にすれば良かったかなと、由弦は少しだけ後悔する。

「せっかくだし、写真撮らないか？」

「え？　写真に残すんですか？」

由弦の提案に愛理沙は少し嫌そうな表情を浮かべた。

墨を塗られた顔を写真にはあまり残したくないようだ。

その気持ちは由弦も同じだ。

「思い出として、ダメかな？」

しかし由弦はそれ以上に愛理沙の「カワイイ？」顔を残しておきたかった。

来年もまた、羽根つきをしてくれるとは限らないし、顔に墨を塗らせてくれないかもしれない。

「カワイイ？」愛理沙は今だけのものだ。

「えー、でも……」

「俺も一緒に写るからさ……お願いだ」

「……仕方がないですね。由弦さんも一緒に写ってくださいよ」

由弦も一緒に写ってくれるなら。

と、愛理沙は渋々了承してくれた。

「よし。じゃあ、一緒に撮ろう」

由弦は愛理沙の気が変わらないうちに、携帯を取り出した。

そして愛理沙の隣に座ると、愛理沙の肩に手を回す。

「ほら、近づいて」

「こう、ですか？」

自分の顔と愛理沙の顔が画面に映ったところで、由弦は携帯のボタンを押した。

カシャッと音がして、由弦と愛理沙の顔が切り取られた。

ている。


「……私の顔だけ、中心に寄りすぎてません？」

撮影された写真を見て、愛理沙は不満そうな表情を浮かべた。

二人のツーショット写真ではあるが、どちらかと言えば愛理沙がメインになってしまっ
もちろん、これは意図的なものだ。

由弦が残したかったのは自分の顔ではなく、愛理沙の顔なのだから。

「不満ならもう一度撮る？」

「……いえ、これでいいです」

由弦の提案に愛理沙は首を左右に振った。

構図には不満はあるものの、これ以上写真を撮られるのは嫌だったようだ。

由弦は少し残念に思うものの、無理強いはできないので諦めることにした。

「もう夕方だし、墨を落としてから食事にしようか。えっと……」

由弦は次の言葉を口にしようとして、口籠もった。

あることを提案するチャンスだと思うと同時に、躊躇してしまったのだ。

「どうされましたか？」

愛理沙はきょとんとした表情で由弦にそう尋ねた。

続きを急かされた由弦は慌てて取り繕う。

「……先に入っていいよ」

それは言おうと思っていた言葉とは、異なる内容だった。

しかし幸いにも愛理沙は墨を早く落としたいと思っていたらしい。

特に疑問を抱いた様子もなく、頷いた。

「ありがとうございます。ではお言葉に甘えて」

そう言って愛理沙は浴室へと消えていく。

愛理沙の姿が見えなくなってから、由弦は思わず肩を落とした。

「うーん、難しいなぁ……」

由弦は頭を掻きながら、ため息をついた。

そして僅かに聞こえてくるシャワーの音を聞きながら、悶々とした時間を過ごす。

普段のシャワー時間よりも少し長めの時が経過してから、愛理沙は浴室から上がってきた。

仄かに赤らんだ頬から「カワイイ?」はすっかり消えていて、普段の白く美しい肌に戻っていた。

「……っふ」

そして愛理沙は戻ってきて早々に由弦の顔を見て笑った。

「笑うなよ……描いたのは君だぞ」

「すみません。油断してました。……早く落としてきてください」

愛理沙は笑いを嚙み殺すような表情でそう言った。

由弦も早く墨を落としてしまいたかったため、浴室へと向かう。

水と石鹼、そして愛理沙から借りた化粧落としも使い、墨を落とす。

「一緒に墨を落とそうってのは……やっぱり言い辛いなぁ」

一緒にお風呂に入り、体を洗いっこする。

そんな恋人との理想的な時間を得る機会をふいにしてしまった由弦は、思わずため息をついた。

※

由弦がシャワーを浴び終えた時には、すでに愛理沙は台所に立っていた。

出汁を煮だしている最中だった。

汁物を作っているらしい。

「俺は何をすればいい？」

「……そうですね」

由弦の問いに愛理沙は少し考えてから答えた。

「これから重箱にお料理を詰めるので、火を見ててください」

「……分かった」

それは実質、戦力外通告では？

と由弦は思ったが、愛理沙の指示に従うことにした。

由弦はじっと、愛理沙の手製の出汁パックが湯の中で躍る様子を見つめる。

しかしそればかりでは飽きてしまうので、由弦は隣で作業を続ける愛理沙へと視線を向けた。

愛理沙は事前に作られたおせち料理を、重箱へと詰め込んでいた。

「詰めるだけなら俺でも……」

「詰めるだけではなくて、綺麗に詰めて欲しいんですけれども。できますか？」

「……いや、やめておく」

お世辞にも由弦の美的センスは良いとは言えない。

後から愛理沙に直される気がしたため、由弦は手を出さないことにする。

「由弦さん、お願いがあるのですが、いいですか？」

「はい、何でも！」

「……っふ、すみません」

由弦の反応が面白かったのか、愛理沙は小さく笑った。

それから由弦に対して指示を出す。

それは冷凍庫から料理を取り出し、解凍していくという作業だった。

さすがにそれくらいなら由弦でもできる。

「分かった」

「……念のためですが、全部まとめて解凍しないでくださいね？　今日、使う分だけ解凍するんですよ？」

「わ、分かってるよ」

纏めて電子レンジに入れれば良いと思っていた由弦は、冷や汗を搔きながらも、一度耐熱容器に移してから、料理を解凍する。

解凍が終わったら、それを愛理沙に渡す。

愛理沙が詰め込んでいる間に、また別の料理を解凍する。

「次はこれを使ってください」

愛理沙はそう言って、最初に使った耐熱容器を由弦に手渡した。

つい先ほどまでに料理が入っていたこともあり、僅かに汚れている。

「分かった」

「念のためですが……」

「ちゃんと拭き取ってから使うよ。……それで大丈夫だろう？」

料理の味が混ざらないように、由弦はキッチンペーパーで汚れを拭き取ってから、そこに別の料理を入れて、温めていく。

「これで最後かな？」

「はい。……完成です。では由弦さんはお餅を焼いてください。私はお吸い物を完成させるので」

「了解した」

由弦は冷蔵庫を開けて、餅を二切れ取り出した。

オーブンレンジの中に入れ、餅を焼きすぎないように監視する。

焼きすぎるとせんべいのようになってしまうのだ。

それはそれで美味しいが、しかし今は普通の餅が食べたい。愛理沙も同じはずだ。

「うん……もうちょっと塩味があった方がいいですかね？」

餅の焼き加減を見ていると、隣からそんな声が聞こえてきた。

視線を向けると、愛理沙は小皿に唇を付けていた。

お吸い物の味見をしていたらしい。

「由弦さん。ちょっと確かめてもらえませんか？」

「俺に分かるかな……」

由弦は苦笑しながらも、愛理沙から小皿を受け取った。

お吸い物の味を確かめる。

いつも通りではあるが、出汁の香りが利いていて、とても美味しい。

しかし確かに物足りなさはある。

「そうだね。……もうちょっと塩気があった方がいいかもしれない」

「そうですよね。うーん、これくらいですかね……」

愛理沙は塩を指でつまむと、パラパラとお吸い物の中に入れた。

軽くかき混ぜてから、再び小皿に移し、味を確かめる。

「……うん。由弦さんも見てもらえますか？」

「了解」

由弦は愛理沙から受け取った小皿を傾けて、再び味を確認した。

すると、先ほどよりもしっかりと味を感じられた。

「いい感じじゃないか？」

「それなら良かったです。では、これで完成としましょう。……お餅の方はどうですか？」

愛理沙に聞かれた由弦はオーブンレンジを確認する。

ガラス越しに見える餅は、大きく膨らんでいた。

由弦は扉を開けて、中を確認する。

「こっちも良さそうだ。……醬油と海苔でいいよね？」

「はい。お願いします」

由弦は餅を取り出すと、それを醬油に浸けた。

そして冷蔵庫に保存されている海苔を取り出し、軽くガスコンロで炙った。

そのまま巻くよりも、炙った方が香ばしくなり、美味しくなるのだ。

……もちろん、愛理沙から教わったことだが。

二人は重箱と餅、お吸い物を居間に運ぶと、料理を食べ始めた。

「お味の方はいかがですか？」

「甘さ控えめな感じでいいね」

由弦は煮豆を口にしながらそう言った。

市販の煮豆は甘すぎることがあるが、愛理沙が作ってくれた煮豆は控えめで、由弦好みの味付けだった。

「それは良かったです。お代わりもありますから、遠慮なく食べてください」

「お言葉に甘えて」

愛理沙が作ってくれたおせち料理は色とりどりで、定番の物から、普通のおせちには入っていないような、変わった物もあった。

おせち料理は甘すぎるか塩辛いかの二択で、あまり好きではない由弦だが、これなら飽きることなく、楽しんで食べることができる。

「温かいおかずが入ってるのはいいね」

由弦はエビチリを口にしながら言った。

おせち料理は長期保存が前提で、冷たいことが多いが、やはり温かい物があるのとないのとでは大きく違う。

「レンジで温め直しただけですけれど。……由弦さんのお家では、どんな感じなんですか？」

「普通に市販のやつだよ。……かまぼことか、錦卵とかは、別で買ったりするけどね」

由弦の家では……というよりは、最近の一般家庭では買った物をそのまま食べるのが普通だろう。

わざわざ手作りする方が珍しい。

そしてそれを当日にわざわざ重箱に詰め直すのも、珍しいはずだ。

「そうなんですね。かまぼこなら、フードプロセッサーがあれば、意外と簡単に作れますが……」

「これ、手作りなのか……」

由弦はお吸い物の中に入っているかまぼこを箸で摘みながら呟いた。

市販の物と比較しても、見た目の上では遜色ない。

味については遥かに優っていた。

「ここまで作ってもらうと、さすがに申し訳なくなるけれど……」

「好きでしていることですから。……数少ない特技ですし」

由弦の言葉に愛理沙はそう言って微笑んだ。

「申し訳なく感じるくらいなら、もっと褒めてください」

「さすが、愛理沙。料理の天才。凄く美味しい。可愛い」

「えへへ」

由弦の言葉に愛理沙は機嫌良さそうに笑う。

「そういう由弦さんも……お餅を焼くの、お上手ですね」

「あ、ありがとう。……別に上手とか、ないと思うけど」

「想像よりも上手でしたので」

「そ、そうかな？　……いや、それは少し酷くないか？」

一瞬褒められたと感じた由弦だが、冷静になって気が付く。

餅すらもまともに焼けないと思っていたという意味に。

「ふふ、冗談です」

愛理沙はそう言って楽しそうに笑う。

愛理沙が餅を食べ終えたところで、由弦は立ち上がった。

「追加を焼こうと思うけれど……愛理沙はどうする？」

「そうですね。じゃあ、私も……いえ、いいです」

愛理沙はハッとした表情で首を左右に振った。

由弦は思わず苦笑した。

どうやら体重を気にしているらしい。

「……本当に？　昼、食べてないだろう？」

由弦も愛理沙も朝にたくさん食べたこともあり、昼は抜いていた。

だからこその早めの夕食ではあるが……運動をしっかりしたこともあり、少なくとも由弦はそれなりにお腹が空いていた。

「そ、そうですね。……二つにしておきます」

やはり食べたいようだった。

思わず由弦が笑うと、愛理沙は眉を顰めた。

「……何ですか？」

「いいや、何でもない」

由弦はそう言うとあらためて餅を焼くのだった。

※

正月が過ぎ去った、一月中旬のある日。

その日は由弦と愛理沙……というよりは、高校二年生にとっては非常に重要な日であった。

「どうでしたか？　由弦さん……」

少し不安そうな表情で愛理沙は由弦にそう尋ねた。

由弦は苦笑しながら答える。

「……思ったよりは、できなかったかな？」

「そ、そうですか」

由弦の回答に愛理沙はホッとした表情を浮かべた。

「……ところで見せてもらっても？」

愛理沙は遠慮がちに聞いてきた。

隠すような物でもないし、由弦も愛理沙の物を確認したかったため、頷いた。

「いいよ。代わりに君のも見せてくれ」

「はい」

二人は手元の紙を……先ほど解いたばかりの、共通試験の問題を交換した。

愛理沙の点数と、そして間違えた問題などを確認する。

得意不得意科目によって点数のバラつきはあったものの、合計点数は由弦と愛理沙の間に大きな差はなかった。

「わぁ……由弦さん。英語は完璧じゃないですか？」

「そういう君も世界史とか、かなり解けてるじゃないか。……俺は思ったよりも分からないところが多かったよ」

「日頃から復習してましたから。……個人的には数学と国語の時間配分が心配です。今回は最後まで解き切れませんでした……もしこれが本番だと思うと……」

愛理沙はブルッと体を震わせた。

由弦と愛理沙はまだ高校二年生であり、本番の受験を迎えていない。

今回解いたのは、今年公開されたばかりの問題だ。

受験まで一年を控えたこのタイミングで、自分の実力がどの程度の物か測るため、やってみよう……と、そういう意図である。

由弦も愛理沙も勉強にはそれなりに自信があり、校外模試の成績も悪くはないのだが……

思ったよりも解けなかった、という結果に終わった。

「時間配分については回数を熟して慣れていくしかないかなぁ。……こういうのはやっぱり、模試をたくさん受けるのがいいのかな？」

「解き方も工夫しないとダメかもですね。順番とか……やっぱりコツとかあるのでしょうか？　……塾とか、通った方がいいんでしょうかね？」

「春期講習に行くのはアリかもなぁ……」

すでに来年の試験まで、一年を切ったのだ。

由弦も愛理沙も本格的に試験対策に取り組まなければならない時期である。

「そう言えば愛理沙は志望校とか、あるのか？」

ふと疑問に思った由弦は愛理沙にそう尋ねた。

もちろん、由弦も愛理沙とは長い付き合いであり、模試結果を見せてもらったこともあるため、おおよそ把握はしてはいるが……

本人から直接、志望校について聞いたことはない。

「特にないですね」

「あぁ、やっぱり？」

愛理沙が志望校として書いていた大学には、あまり統一感はなかった。

もし共通点があるとするならば、一つだけ。

「目指せるだけ上を目指したいとは思ってますよ。あと、一応国立大学を目標にするつもりです。……受験科目は増やすのは難しいですが、減らすのは簡単ですから」

一般的には私立大学の方が、受験科目の数は少ない。

もちろん、国立大学と私立大学では問題傾向が異なるため、単純に受験科目が少ないから後者の方が対策は簡単ということにはならないが……

途中で受験科目を増やすよりは、減らすような方向転換の方がしやすい。

選択肢は多い方が良い。

もっとも、二兎(にと)を追う者は一兎(いっと)をも得ずということは往々にしてあるので、目標があるのであればそれに絞った方が良いのだが。

「由弦さんも……同じですよね？」

「まあね」

由弦も愛理沙と似たようなものだ。

特別に行きたい大学はないが、目指せるだけ上を目指したいという気持ちはある。

「志望学部はどこですか？」

「学部？　……法律系か、経済系かな？」

「へぇ……ちょっと意外ですね」

「そうかな？」

由弦は思わず首を傾(かし)げた。

由弦は一応、文系だ。

文系の志望先としては法学部や経済学部はメジャーだろう。

「いえ……商学部とかじゃなくていいのかなと」

「あぁ……なるほどね」

将来的に由弦が家を継ぐことを考えれば、商学部は最適解のように見える。

「そういうのは父さんに教わるつもりだから」

実際、由弦の父親は由弦に対して好きなところに行けば良いとだけ言っている。

大学の知名度などについても気にしていない様子だ。

最低限、学位さえ得てくれればいい……と、そんな雰囲気だった。

「あぁ……でも、留学はしろって言われてるから。途中で海外の大学に一年か、二年くらいは通うと思うよ」

「なるほど……私もした方が良いのでしょうか？」

「うーん、まあ、しないよりはする方が人生経験にはなるんじゃないか？　……無理にしなくてもいいと思うけどね」

自分が行く分には怖くもなんともないが、愛理沙が行くとなると少しだけ心配な気持ちになる。

一方で愛理沙は首を左右に振った。

「躊躇する気持ちがないわけではないですが……どちらかといえば行ってみたい気持ちが強いです」

「そうか。……じゃあ、その時は一緒に行こうか」

「そうですね。由弦さんとなら安心です」

由弦の言葉に愛理沙はそう言って微笑んだ。

そんな愛理沙に対して、今度は由弦が尋ねた。

「ちなみに愛理沙はあるのか？　志望学部」

「特にないですが……そうですね。将来の役に立つような学問を収めたいなと思っています」

「となると……具体的には？」

「そこが問題でして……その、何が良いでしょうか？」

「……ふむ？」

由弦は思わず首を傾げた。

婚約者とはいえ、愛理沙の人生は愛理沙の物なのだから、由弦が決めるようなことではない。

とはいえ、なりたい職業があるならばそんな聞き方はしないだろう。

将来の門戸を広げるためにはどんな学部がいいのか……そんな相談だと捉えた由弦は少

し考えてから答える。

「法学部とかは比較的、実学寄りじゃないか？」

「法学部ですか……やはり法律の知識はあった方が良いのでしょうか？」

「……ないよりはあった方がいいんじゃないか？」

もっとも、生きている上で最低限の知識は自然と身についていくものだ。

そもそも、一定の社会常識があれば法を犯してしまうこともない。

必要不可欠かと言われれば微妙なところだ。

「学部よりも資格とか、英語試験のスコアの方が役に立つかもなぁ」

「英語試験はともかく、資格ですか。……例えばどんなものでしょうか？」

「それは職業によるとしか……」

由弦の言葉に愛理沙は怪訝（けげん）そうな表情を浮かべた。

「……由弦さんのお役に立てるとしたら、どんな資格で、どんな職業でしょうか？」

「え!?」

愛理沙の言葉に由弦は思わず驚きの声を上げた。

すると愛理沙は不満そうな表情を浮かべた。

「おかしい……ですか？　その……将来の由弦さんの妻として、由弦さんのお役に立てるような勉強をしたいなと思っているのですが」

「いや、おかしくない。……気持ちは凄く嬉しいよ」

「……気持ちは？」

「……俺自身も、将来のために役立つ学問とか言われても、分からないからさ」

由弦自身も将来何を勉強すればいいのか、分からないのだ。

自分の妻がどんな学問を収めていて、どんな資格を持っていて欲しいかなど、具体的なことを言えるはずもない。

そして愛理沙の人生に対して無責任な助言をすることもできない。

「せっかくの大学生活だし、好きなことを勉強すればいいんじゃないかな？　お互い」

「そうですか？　うーん……好きなことと言われても、難しいですね……」

「好きな物はないのか？　それに携わることは……」

由弦の問いに対し、愛理沙は由弦の腕に自分の腕を絡めさせてきた。

そして少し恥ずかしそうな表情で囁いた。

「好きな物というか……好きな人は、由弦さんです」

「それは嬉しいけど……俺を研究する学問はないからなぁ」

由弦はそう言いながら愛理沙の肩を抱き寄せた。

「じゃあ……一緒の大学を受けないか？　一緒のキャンパスに通って、一緒に暮らそう」

由弦は愛理沙の耳元でそう囁いた。

すると愛理沙は小さく身悶えした。

「それは名案です。……そうしましょう」

「そのためには……勉強、頑張らないとね」

「はい」

二人は唇と唇を合わせた。

第三章　婚約者とバレンタイン

二月十四日。

それは女の子が日頃からお世話になっている男の子へ、チョコレートをプレゼントする日だ。

当然ながら由弦は愛理沙からのチョコレートを期待していた。

去年とは異なり、必ずもらえるだろうと思っていた。

……そのため、朝からチョコレートの「チ」の字も発しない愛理沙に、由弦はヤキモキしていた。

「春期講習の件なんですけれども、私もいろいろと調べまして……」

勉強について、受験について真面目な話をしてくれている愛理沙だが、由弦はそんなことよりもバレンタインのことで頭が一杯だった。

もしかして、愛理沙は自分のことが嫌いになってしまったのか？

まさか、そんなことはない。

今朝もおはようのキスをしたばかりだ。

嫌いな人とキスをしてくれるはずがない。

では、怒っているのか？

しかし今朝の愛理沙は機嫌がとても良いというほどではないが、悪いわけではなさそうだ。

となると……

「それで由弦さんはどこが……」

「……愛理沙。聞きたいことがあるんだけど、いいかな？」

由弦は愛理沙の言葉を遮るようにそう言った。

それに対して愛理沙は嫌な顔一つせず、小さく首を傾げた。

「何でしょうか？」

「……今日、何の日か知ってる？」

「……え!?」

もしかして、バレンタインのことを忘れているのではないか。

そう思った由弦が愛理沙に尋ねると、彼女は不思議そうに首を傾げた。

「何か、特別な日でしたっけ？」

「……」

「冗談ですよ。そんな顔をしないでください」

落ち込んだ表情の由弦に対して愛理沙は笑いながら言った。

揶揄われていたことに気付いた由弦は思わず眉を上げた。

「やめてくれよ。もらえないと思ったじゃないか」

「そんなにチョコレート、好きですか？」

「いや、好きなのはチョコレートじゃなくて君だけど」

チョコレートが欲しいのではない。

愛理沙からのチョコレートが欲しいのだ。

いや、愛理沙からもらえるならばチョコレートである必要性は低かった。

「用意しているので、安心してください。学校が終わった後にあげますよ」

「そ、そう？　なら、楽しみにしておくよ」

愛理沙に忘れられていたわけではないことが分かり、由弦はホッと息をついた。

そんな話をしているうちに、二人は学校に到着した。

由弦は下駄箱を開けた。

「あっ……」

由弦は思わず声を漏らした。

そこには可愛らしいリボンと包装紙で飾られた箱が入っていた。

由弦が固まっていると、愛理沙が由弦の下駄箱を覗き込んだ。

「どうされましたか？　……貸してください!!」

愛理沙はハッとした表情を浮かべると、由弦の下駄箱に手を突っ込んだ。

そして箱を乱暴に取り出す。

「開けますよ？」

「は、はい」

由弦は頷いた。

愛理沙は包装紙を破くようにして、箱を開ける。

そこにはチョコレートとメッセージカードが入っていた。

――本命だと思った？　残念、義理チョコでした！　by AYAKA――

「ふざけないでください!!」

愛理沙はそう叫ぶと、憤慨した表情を浮かべながら箱ごとチョコレートを由弦に渡した。

「これは食べていいです」

「そ、そうですか」

愛理沙の剣幕に押されながら、由弦は頷いた。

それから二人は上靴に履き替え、教室へと向かった。

「由弦さん、机の中、確認させてください」

本命だと思った？
残念、義理チョコで
by AYAK

「好きなだけ、調べてくれ」

愛理沙は警戒した様子で由弦の机の中を覗き込んだ。

確認し終えて、顔を上げた愛理沙の表情からは警戒の色は薄くなっていた。

「何もありませんでした」

「それは良かった」

去年の件から考えても、友人以外からのチョコレートをもらったら、愛理沙の機嫌が悪くなるのは目に見えている。

愛理沙は怒ると怖いので、チョコレートが入っていなかったのは由弦にとっても幸いだった。

「では、私は亜夜香(あやか)さんに苦情を言ってきます」

「行ってらっしゃい」

愛理沙は肩を怒らせながら亜夜香の席へと向かう。

由弦がその背中を見送っていると……

「いやぁ、モテる男は辛いですね」

「虎の尾を踏むような人、確認するまでもなくいるわけないと思うけれど」

千春(ちはる)と天香(てんか)の二人に話しかけられた。

二人はそれぞれ綺麗(きれい)に包装された箱を持っていた。

「おはよう、二人とも。えっと、その箱は……」

「お受け取りください。……愛理沙さんには内緒ですよ？」

「内緒にしなくてもいいわよ。義理だから」

千春と天香はそう言って由弦にチョコレートが入っている箱を手渡した。

「ありがとう。大事に食べるよ」

由弦のお礼を聞いてから、二人は逃げるようにその場から立ち去った。

ほぼ同時に愛理沙が由弦のところへと戻ってきた。

「由弦さん……あ！　目を離した隙に!!」

「義理だよ、義理。ほら、二人からの……」

由弦は弁明するように千春と亜夜香を指さした。

すると二人は自分たちが渡したことを示すように、小さく手を振った。

愛理沙はホッと息をつく。

「なら、大丈夫です」

「食べてもいい？」

「もらった物を残すのは失礼だと思います。……身元が割れている物なら、変な物が入っていることもないですし、大丈夫でしょう」

愛理沙はそう言って大きく頷いた。

それから腕を組み、念を押すように言った。

「でも……食べるのは私のチョコレートを食べた後です。……いいですね？」

「言われなくても。楽しみにしているよ」

由弦がそう言って微笑むと、愛理沙は僅かに頬(ほお)を赤らめ、頷いた。

「……はい。期待していてください」

※

放課後。

「じゃあ、帰ろうか、愛理沙」

「はい」

由弦と愛理沙はいつも通り、帰路に就いた。

そう、いつも通り。

「……」

「……」

「あの、愛理沙」

「……はい？」

由弦は愛理沙に声を掛けると、愛理沙はきょとんとした表情を浮かべた。

堪えきれなくなった由弦は愛理沙に尋ねる。

「その、チョコは？」

「……あ、すみません！」

「……」

「嘘ですよ。ちゃんと覚えてます」

愛理沙はそう言って苦笑した。

「傷まないように家の冷蔵庫で保存してます。だから今は渡せません」

「なるほど。学校が終わった後というのは、そういうことか」

てっきり放課後にもらえると思っていた由弦は、変な勘違いをしていたことを恥じた。

考えてみれば、もし持ってきているのであれば、わざわざ夕方に渡す意味はない。

「もしかして、学校でもらいたかったりしたんですか？」

「いや、う―ん、そうだね。……シチュエーション的には学校でもらった方が、ドキドキ感はあったかな？」

愛理沙の問いに対して由弦は正直に答えることにした。

好きな人から、恋人から、チョコレートを学校でもらうというのは、男子としてはそれなりに憧れを抱く展開ではある。

「そうでしたか。……では、来年はそうしましょうか？」

愛理沙は顎に手を当てながらそう言った。

一方で由弦は慌てて首を左右に振った。

せっかく作ったチョコレートが傷まないようにという配慮があったのは由弦も理解していた。

「いや、俺も君のチョコレートを万全な状態で食べたい」

由弦がそう言うと愛理沙は困惑した表情を浮かべた。

「……別にそういう意図はないですよ？」

「あ、そうなの？」

味が劣化してしまうため学校に持っていけないとばかり思っていた由弦は拍子抜けした。

学校に持って行っても問題がないなら、来年は持ってきてくれても良いかもしれない。

「では、この辺りで」

「あぁ」

そんな話をしているうちに、駅の近くまでやってきた。

普段はここで「また明日」だ。

「後でそちらに向かいます。……お夕飯もそちらで作りますから。楽しみにしておいてくださいね」

「分かった。事前に買っておく物はあるかな？」

由弦は愛理沙にそう尋ねた。

愛理沙は少し考えてから答えた。

「後でメールします」

「そうか。じゃあ、よろしく」

こうしてその場で由弦は愛理沙と別れた。

それから程なくして由弦の携帯に愛理沙からのメールが届いた。

電車に乗っている最中に打ったのだろう。

家に帰る途中で買ってしまおうと由弦はメールの中身を確認する。

「フランスパン、イチゴ、バナナ、キウイ、マシュマロ……？　おやつじゃないか？」

必要な食材はどれもこれも、夕食というよりは三時のおやつに相応しい物ばかりだった。

そして調理が必要なようにも見えない。

普通にそのまま食べて美味しい食べ物ばかりだ。

しかし今日は夕食を振る舞ってくれると言う愛理沙が、フルーツを皿に盛って今日の夕飯はこれだと言うはずがない。

この食材で何かしらの料理を作るつもりなのは確かだ。

そこまで考えた由弦の脳裏に中華鍋でイチゴやバナナを炒める愛理沙の姿が浮かんだ。

「いや……絶対に違う」

由弦は慌てて首を左右に振った。

メールの最後には「何を作るか、もうお分かりですよね？」という文が記されているが……

由弦にはまるで見当がつかなかった。

「フルーツサンド……とか？　それならフランスパンよりも、食パンの方がいいんじゃないか？」

いろいろと疑問を抱いた由弦ではあるが、料理の知識は由弦よりも愛理沙の方が遙かに上だ。

愛理沙が料理に必要な食材だと言うからには、必要なのだろう。

由弦は大人しく従うことにした。

※

食材を買い終え、冷蔵庫にしまってから数十分後。

「お邪魔します」

愛理沙が由弦の部屋にやってきた。

私服にお洒落(しゃれ)で小さな鞄(かばん)と……リュックサックを背負っていた。

「持つよ、それ」

「ではお願いします」

由弦は愛理沙からリュックサックを受け取る。

リュックサックのサイズは決して大きくはないが、少し重たかった。

食べ物というよりは、器械の重みだ。

「何が入ってるんだ？」

「何って、チョコレートフォンデュを作る器械ですよ」

「チョコレートフォンデュ……？　あぁ、チーズフォンデュのチョコレート版みたいなやつか」

由弦はチョコレートフォンデュを食べたことはないが、存在だけは知っていた。

なるほど、確かにバレンタインに相応しい食べ物だろう。

学校に持っていけなかったのも納得だ。

「……何を作ると思っていたんですか？　あのラインナップで」

「中華鍋で炒めると思ってた」

「そんなわけないじゃないですか。……普段からそんなの食べてるんですか？」

「さすがに冗談だよ。チョコレートフォンデュは気が付かなかったけど」

そんなやり取りをしながら、二人はリビングへと移動する。

そこで由弦は尋ねる。

「これ、どこに置けばいいかな？」

「そうですね。……とりあえず、貸してください」

由弦は愛理沙の言葉に従い、彼女にリュックサックを手渡した。

すると愛理沙は由弦に背中を向けた。

リュックサックを開き、素早く中から器械を取り出す。

まるで中に何か、見られたくない物が入っているようだった。

「では、早速お夕飯にしましょう。その前に私は……少し着替えてきます」

愛理沙は機械をテーブルに置いてからそう言った。

由弦は思わず首を傾げた。

「……着替える？　どうして？」

「チョコレートフォンデュをやりますから。服が汚れると良くないじゃないですか。だから汚れても問題がない恰好になります」

「なるほど？」

ならば最初から汚れても問題ないような恰好になれば良いのではないかと、由弦は思ったが……。

汚れても問題ないということは、古着か、部屋着のような服ということ。

女の子としてはそれで外を出歩きたくないのだろう。

と、由弦は強引に自分を納得させた。

「由弦さんも黒い服か……汚れても問題ない服になった方がいいですよ」

「分かった。着替えておくよ」

由弦は愛理沙が脱衣所に消えたのを確認すると、早速汚れが目立ちにくい服に着替えた。

それから余った時間で器械を動かすために、延長コードを引っ張ってきた。

「……お待たせしました」

「いや、俺も今、準備が終わったところで……」

そこまで言いかけたところで由弦は固まった。

大きく目を見開く。

「バ、バレンタインチョコです……お、お召し上がりください」

裸にリボンだけを身に纏(まと)った恰好で、愛理沙はそう言った。

※

「え？　あ、愛理沙……？」

仄かに薔薇色に染まった愛理沙の白い肌を見て、由弦は心臓が激しく鼓動するのを感じた。

愛理沙の肌を隠すのは、赤いリボンだけだ。

下着のようなものは身に着けていない。

もちろん大切な場所はしっかりと隠れている。

リボンは幅が太く、愛理沙の体にしっかりと巻きついているため、いつぞやのビキニと比較すると露出する肌の面積はそれほど広くない。

しかしそれでも本来なら服ですらない物を身に纏っていることと、丁寧にリボンで手首まで縛ったその様子は、由弦に強い背徳感を覚えさせた。

「えっと、その、手に持っているのが、チョコは……どこかな？」

由弦は理性を総動員しながら、そう尋ねた。

というのも、愛理沙はバレンタインチョコと思しき物を何も持っていなかったからだ。

この状況と文脈を考えると、愛理沙≒バレンタインチョコということになってしまう。

愛理沙を召し上がれと、そういう意味になる。

「え？　あっ……す、すみません。失念してました！」

愛理沙はそう言うと踵を返し、脱衣所へと走り去っていく。

リボンが食い込んだお尻を由弦は思わず目で追った。

「も、持ってきました……えへへ」

愛理沙は照れ笑いをしながら、小さな箱を持ってきた。

特に包装紙やリボンのような飾りのない、普通の箱だ。

愛理沙はそれを床に置いた。

「す、少し待ってくださいね」

愛理沙は縛られた手首で箱の蓋を開けた。

中にはハート形のチョコレートが入っていた。

愛理沙はそれを一つ、手に取った。

「あ、あらためまして……バ、バレンタインチョコです！」

愛理沙はそう言うと、チョコレートを口に咥(くわ)えた。

そして由弦に向かって顔を突き出す。

「え、えっと……こ、これは一体……」

「……んっ」

困惑する由弦に対し、愛理沙は小さな声を上げながら由弦に目で訴えかけた。

ここまでされて、気付かないほど由弦も馬鹿ではない。

由弦はそっと愛理沙の背中へと手を回し、彼女を抱き寄せた。

「じゃあ、遠慮なく……いただきます」

由弦は愛理沙の唇へ、自分の唇を近づける。

そしてチョコレートを唇で挟み込む。

すると愛理沙は器用にチョコレートを舌で由弦の口の中に入れた。

甘くて、ほんのりと苦いチョコレートの味がした。

「ど、どうですか？」

「美味しい。……もっと食べてもいいかな？」

由弦がそう尋ねると愛理沙は小さく頷いた。

それから床に置いた箱へと視線を向ける。

「じゃあ、準備しますから……」

「いや、大丈夫だ」

由弦はそう言うとチョコレートを指で摘み、愛理沙の口元へと持って行った。

愛理沙はそれを唇で咥える。

「……じゃあ、あらためて。いただきます」

もう一度、由弦は愛理沙の唇と共にチョコレートを食べた。

先ほどと同じ、甘い味が口の中に広がる。

もう一つ食べようと、由弦は箱からチョコレートを取り出した。

そして少し考えてから、愛理沙に尋ねる。

「せっかくだし、愛理沙も食べてくれないか？」

「え？」

由弦は愛理沙の返答も待たず、自分の唇でチョコレートを挟んだ。

そしてゆっくりと愛理沙の唇へと近づける。

最初は驚いた様子で目を見開いた愛理沙だが、すぐにすんなりと唇を開いた。

由弦はそんな愛理沙の唇にチョコレートを押し当てた。

そして舌と一緒にチョコレートを愛理沙の口の中に押し込んだ。

「どう？」

「お、美味しいです。……もっともらってもいいですか？」

「もちろん」

二人は口移しでチョコレートを食べさせ合う。

しかし元々、たくさんの量があったわけではないこともあり、チョコレートはすぐになくなってしまった。

「これで全部、か」

「いえ、まだ少しだけ……ありますよ？」

「え？　……どこに？」

「……ここです」

愛理沙はそう言うと、由弦に向かって唇を突き出した。

愛理沙の意図を汲んだ由弦は、自分の唇を愛理沙の唇に合わせた。

チョコレートの味がする、新鮮なキスだった。

※

「……では、あらためてお夕飯にしましょう」

居直ってから愛理沙はそう言った。

そして由弦の方へと、手首を差し出した。

「少し押さえていてもらえますか？」

「分かった」

由弦は言われるままに愛理沙の手首のリボンを軽く摑んだ。

すると愛理沙はリボンの輪から自分の手首を引き抜いた。

拘束されているように見えて、実はリボンに手を通していただけのようだった。

「では、準備をしましょう」

「……その恰好で？」

「調理の時は、エプロン着けますよ？」

具材を切るだけですけど。

と、愛理沙はそう付け加えた。

「いや、その恰好で食事をするのはいろいろと……危ないんじゃないかなと」

「危ない、ですか？　チョコレートは油みたいに跳ねませんし、火傷をするような温度にはしませんが……」

「いや、そっちじゃなくて……」

由弦は思わず頬を掻いた。

先ほどまでは抱き合っていたので、愛理沙の体を見る機会はなかったが……いろいろと際どいため、直視し辛い。

「リボンが解けたら、大変だなと」

「あぁ、なるほど」

由弦の言葉に愛理沙は苦笑した。

そして胸元のリボンを軽く指で引っ張ってみせた。

由弦は慌てて視線を逸らした。

「な、何をするんだ！」

「大丈夫ですよ、ほら」

由弦は恐る恐る、愛理沙の胸元へと視線を向けた。

愛理沙はリボンを何度も引っ張っていたが、リボンは解ける様子はない。

「これ、こういう服なんですよ。リボンも一本に繋がってるわけじゃなくて、固定されてるんです。水着みたいなものですね」

「そ、そうなんだ……」

由弦は少しだけ騙された気分になった。

※

「そう言えばチョコレートは？　買ってないけど……」

「それについては事前に用意してあります」

愛理沙はそう言うとリュックサックから板チョコと生クリームを取り出した。

手作りチョコレートを作成した際にまとめて買っておいたようだ。

「私はチョコレートを溶かしておきますので、由弦さんは具材を切って、串に刺してください。……できますよね？」

愛理沙の言葉に由弦は頷いた。

早速、台所へと向かい、具材を切り、串に刺し、大皿に盛った。

それが終わる頃にはすでに愛理沙はチョコレートを溶かし終えていたようで、小さなポットの中にはドロドロに溶けた茶色い液体が入っていた。

「では、早速食べましょう」

「そうだね」

由弦は少しだけ悩んでから、もっとも無難そうなバナナを手に取った。

チョコレートを控えめにつけてから、口に運ぶ。

「チョコバナナと同じ……と思っていたけど、ちょっと違う感じがするな」

チョコバナナのチョコレートは冷えて固まっているが、こちらは温かい状態で溶けている。

それが食感と味の違いをもたらしていた。

「うーん、美味しいです……！」

愛理沙もまた、頰を手に当てて嬉しそうに微笑んでいた。

彼女が食べたのはマシュマロだ。

さすがにマシュマロにチョコレートを付けるのは甘すぎるのではないかと思って躊躇していた由弦だが、目の前に美味しそうに食べている人を見ると、試したくなる。

「……うん」

そして試してみた由弦は、少しだけ後悔した。

甘さと甘さの足し算。

甘味の暴力だ。

甘い物が好きな人には堪らないかもしれないが、由弦は少しくどく感じた。

「……珈琲が旨い」

由弦は珈琲を飲みながら呟いた。

ドリンクに水や緑茶ではなく、珈琲を選んだのはベストだったようだ。

珈琲で甘い味を洗い流した由弦は、次に食べる物を選ぶ。

甘い物と甘い物の組み合わせはあまり良くないと感じた由弦が次に選んだのは、イチゴだった。

「うん、これは正解だ」

イチゴの酸味とチョコレートの甘味が嚙み合っていた。

これはベストの選択だったようだ。

その後も由弦は果物やパン、スナック菓子など、いろいろな具材を試してみる。

味は全部チョコレートなのだからいつか飽きてしまうのではないか。

そう思っていたのだが、意外にも飽きが来ない。

酸味や塩味など、チョコレートと組み合わせる味が異なるからだろう。

「これは結構楽しいね」

由弦がそう言うと、愛理沙は嬉しそうに微笑んだ。

「そう言ってもらえると嬉しいです。チョコレートフォンデュ、ずっとやってみたかったんです！」

「……これが初めて？」

「一人でやるようなものじゃないじゃないですか」

確かにそれもそうだと、由弦は頷いた。

「いろんな具材を持ち寄ってみんなで……というのも、面白そうだ」

「いいですね！　闇鍋みたいな感じで！」

「……うん、そうだね」

楽しそうに愛理沙は目を輝かせた。

一方で由弦は亜夜香などは絶対に悪乗りするだろうと思い、自分で提案しておきながら後ろ向きな気持ちになった。

「ところで、由弦さん、由弦さん」

「どうした？」

「はい、あーん」

愛理沙はそう言いながら、チョコレートに潜らせたマシュマロを由弦の口元へ運んできた。

マシュマロとチョコレートの組み合わせは、由弦個人としては好きではない。

が、ここで嫌だというほど由弦は空気が読めない男ではない。

口を開け、マシュマロを受け入れた。

「どうですか？」

「うん……甘い」

「良かったです！」

どうやら愛理沙にとっては甘い＝美味しいという意味になるようだった。

由弦は珈琲を口にしてから、バナナを手に取った。

「……愛理沙。お返しだ」

「ありがとうございます」

愛理沙の口元に由弦はチョコレートを付けたバナナを運んだ。

パクッと、愛理沙はそれを受け取り、咀嚼（そしゃく）する。

「美味しいです。……私もお返し、しますね」

愛理沙はそう言うと再びマシュマロを手に取った。

「待ってくれ、愛理沙」

ここで由弦は愛理沙に待ったを掛けた。

由弦は空気が読める男ではあるが、そのためだけに苦手な物を何度も食べられる人間でもなかった。

「マシュマロは少し……甘すぎる。別のにしてくれないかな？」

「そうですか？　美味しいのに……」

変な人だ。

と言いたそうに愛理沙は首を傾げた。

しかし気を悪くすることなく、愛理沙は塩味のスナック菓子を手に取り、チョコレートを付けてから由弦の口元に運んでくれた。

「これはどうですか？」

「これはいい感じだ」

由弦はそう答えながら、次に愛理沙に食べさせる具材を考える。

そして少し考えてから愛理沙に問いかけた。

「何が食べたい？」

「マシュマロがいいです」

由弦さんが食べないなら、私が食べます！

と、言いたげに愛理沙は口を開けた。

由弦はそんな愛理沙の口の中にマシュマロを放り込む。

「美味しいです……もっとください」

「はい、お代わり」

目を蕩(とろ)けさせながらおねだりをする愛理沙に気を良くした由弦は、次々とその口の中にマシュマロを放り込んでいく。

愛理沙は幸せそうな表情でそれを飲み込んでいく。

「あっ……」

「す、すまない……！」

しかし調子に乗りすぎてしまったのが良くなかったのだろう。

チョコレートが垂れ落ちてしまった。

愛理沙の白い肌、胸元を茶色い液体が汚した。

「火傷はしてないか？」

「そこまで熱くないから、大丈夫ですよ」

愛理沙はそう言いながらティッシュで胸元を拭こうとした。

しかしティッシュを手に取ろうというところで、固まってしまった。

「……愛理沙？」

「その、由弦さん」

悪戯(いたずら)を思いついた。

そんな表情で愛理沙は自分の胸元を指さしながら言った。

「勿体(もったい)ないので、食べてもらえませんか？」

由弦が思わず驚きの声を上げると、愛理沙は少しだけ後悔した様子で目を泳がせた。

「え、えっと……い、嫌でしたか？」

愛理沙は悲しそうに目を伏せた。

由弦は慌てて首を左右に振った。

「まさか！　そんなことはない!!　ただ、その……」

由弦は頭の中で何度も言葉や言い方を吟味してから、愛理沙に尋ねた。

「食べるというのは……具体的に、その、どんな風に？」

直球で考えついたのは、「直接口をつける」という選択肢だ。

何度も接吻(せっぷん)を交わした仲なのだから、皮膚に――胸元とはいえ――接吻することに大きな躊躇はない。

少なくとも愛理沙が許可をしてくれるなら、だが。

しかし愛理沙がそれを想定していなかったのなら大変なことになる。

嫌われることはないかもしれないが、顔は叩かれるかもしれない。

「え、えっと……そ、そうですね」

考えていなかったのか。

それとも口にするのは恥ずかしいことだったのか。

愛理沙は少しだけ考えた様子を見せてから、由弦に答えた。

「何でも……いいですよ？　好きな方法で……食べてください」

「そ、そうか。じゃあ……」

由弦は少しだけ考えてから、愛理沙の胸元に手を伸ばした。

胸に触れると同時に、柔らかい感触と体温が指先に伝わってきた。

そのまま指で溶けたチョコレートを拭い……

口に運んだ。

「ど、どうですか？」

「ど、どうって……チョコレートの味、かな？」

「で、ですよね⁉」

どういうわけか、気まずい雰囲気になってしまった。

由弦は視線を宙に彷徨（さまよ）わせてから、愛理沙の方へと向けた。

すると愛理沙は姿勢を正した。

「えっと……愛理沙」

「は、はい」

「……食べようか」

「そ、そうですね！」

二人はいそいそと、残りのチョコレートフォンデュを食べ始めた。

※

食後。

洗い終えた器械を拭きながら愛理沙は上機嫌に言った。

なお、すでに着替えを終えているため、例のリボン姿ではない。

「美味しかったですね」

「あぁ……」

愛理沙の言葉に由弦は曖昧な返事をした。

由弦の態度に愛理沙は怪訝(けげん)そうな表情を浮かべた。

「……あまり美味しくなかったですか？」

「いや、美味しかったよ」

由弦はそう言って首を左右に振った。

美味しかったのは間違いない。

しかし全くの留保を付けずにそう言えるかと言えば、そうではない。

「後半は少し……辛かったかなぁ、と」

由弦は正直に答えることにした。

チョコレートの味に途中から飽きてしまったのだ。

「ですよね」

由弦の回答に愛理沙は苦笑しながらそう言った。

由弦は思わず首を傾げた。

「愛理沙も？」

「いえ、私は甘いのが好きなので。飽きませんでしたけれど……由弦さん、辛そうだったので」

「そ、そうか……」

どうやら顔に出ていたようだ。

食べる速度も後半は遅くなっていたので、露骨だったのかもしれない。

「それに私は飽きませんでしたが、ずっと同じような味ですからね。飽きてしまうのは、おかしくないとは思います。今後の課題ですね」

「課題ね。……何か改善案があるのか？」

少しだけ興味を抱いた由弦が尋ねると、愛理沙は頷いた。

「パッと思い浮かぶ範囲だと、香辛料を用意するとかですね」

「香辛料？　チョコレートに？」

「シナモンとかナツメグとか……胡椒とかも意外と合うんですよ。他にも食材の種類を増やすとか、別の料理を用意するとか……」

パッと思い浮かぶ範囲。

と言いながらも、愛理沙はアイデアを複数提示してみせた。

「ちなみに由弦さんはどう思いますか？」

「そうだなぁ……個人的には大人数で、パーティーとかで食べたいなと感じた」

チョコレートフォンデュそのものは美味しい。

ただ、これだけで夕食を済ませようとしたのが悪い。

由弦はそう考えていた。

「パーティーですか。……結婚式、とか？」

「ま、まあ、確かに結婚式に大きなチョコレートフォンデュの器械があったら、盛り上がりそうではあるけど……設置したい？」

由弦が苦笑しながら尋ねると、愛理沙は慌てて首を左右に振った。

「え、いや、す、すみません！　私たちの話のつもりは……なかったです」

「あぁ、そうか。……あるなら、欲しい？」

「それは……素敵だとは思いますが」

愛理沙はほんのりと頬を赤らめながら頷いた。

由弦は大きく頷いた。

「覚えておくことにする」

「それは……ありがとうございます。……ちなみに聞いてもよろしいでしょうか？」

「何なりと」

「由弦さんは結婚式……どんな風にしたいですか？」

「……どんな風に、とは？」

「ほら、神前式とかプロテスタント式とか……人を何人集めるとか、逆に写真だけで済ませるとか。挙げない人もいますよね？　今のうちに聞いてみたいなと……」

「確かに考えを擦り合わせるのは重要だ」

愛理沙の言葉に由弦は大きく頷いた。

世の中には結婚直前になって、結婚式のやり方で揉めるカップルも少なくないと聞く。

もっとも、由弦は自分たちのケースについてはあまり心配していなかったが……

今のうちに考えを伝えておく必要はある。

「プロテスタント式でやる。何人呼ぶかは分からないが……百人以上は呼ぶだろう」

「……意外と派手なのがお好きなんですね」

「いや、別に俺の趣味じゃない」

由弦は即座に愛理沙の言葉を否定した。

すると愛理沙は首を傾げた。

「由弦さんの趣味じゃないということは……お父様の？　それともお爺様の？」

「いや、別に二人の趣味では……いや、爺さんは派手なのは好きだから趣味かもしれんが、そういうわけじゃない」

「それでは……」

「高瀬川家の次期当主の結婚式だから、それなりに盛大にやらないといけない。そういう意味。……もうしわけないが、場所も多分選べない」

由弦と愛理沙の意見が全く反映されないということはないが……

由弦の父や祖父、ついでに愛理沙の養父の強い意向によって、内容は大きく左右される。

そういう意味で自由度は高くはない。

「そ、そうなんですか。な、なるほど……そ、そうですよね……」

由弦の言葉に愛理沙は少し落ち込んだ様子を見せた。

受け入れてくれないわけではなさそうだが……

しかし愛理沙にもやりたい結婚式があったのだろう。

女の子だからというわけではないが、少なくとも由弦よりは強い気持ちがありそうだ。

結婚をある程度政治的な物であると割り切っている由弦とは異なり、愛理沙が自由恋愛としての側面を強く求めていることは……

修学旅行の時にすでに分かっていた。

「大丈夫です。その、思うところがないわけではないですが……」

「そう思いつめないでくれ。二回やればいいだけの話だから」

由弦はそう言って愛理沙の肩を叩いた。

すると愛理沙は驚いた様子で顔を上げた。

「……二回？」

「ああ。派手なのが嫌なら、控えめなやつをもう一回やればいい。順番が気になるなら……愛理沙がやりたいのを最初にやってもいいんじゃないか？」

「……結婚式って何回もやるものですか？」

「うちの両親は三回やったらしいぞ。日本で二回、海外で一回」

「……」

愛理沙はポカンと口を開けた。

その発想はなかった。そんな表情だ。

「三回じゃ足りない？　さすがに五回も六回もってのは疲れそうだし、勘弁して欲しいけど……」

由弦は冗談半分で愛理沙にそう尋ねた。

すると愛理沙は大きく首を左右に振った。

「い、いえ、三回もあれば十分です。じゃあ、私がやりたいのと、由弦さんがやりたいので……」

「俺の希望は君の希望だ」

由弦は結婚式そのものに希望はなかった。

記念写真さえあれば十分だと考えている。

「……そうですか？　じゃあ、その、考えておきます」

愛理沙は嬉しそうに微笑(ほほえ)んだ。

第四章　婚約者と春休み

　時が過ぎること、約一か月。

「今日のお弁当、どうですか？」

「うん、美味しい」

　由弦と愛理沙は二人で弁当を食べていた。

　愛理沙の手作り弁当を食べ終え、そして愛理沙が自分の弁当を食べ終えたところで……

　由弦は自分の鞄から、小さな包みを取り出した。

「……愛理沙、これ。受け取ってくれ」

「ホワイトデーのお返し、という認識でいいですか？」

　そう、今日はホワイトデー。

　男子が女子にプレゼントのお返しをする日だ。

「ああ、まあ、そんな感じかな」

「ありがとうございます。開けて良いですか？」

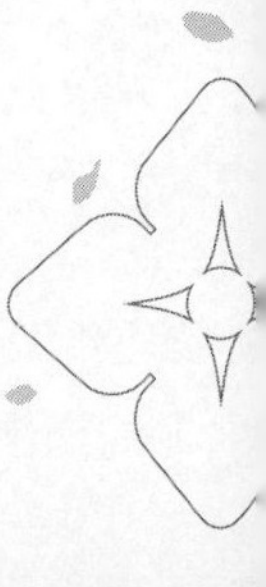

愛理沙の問いに由弦は少し緊張しながら頷いた。

愛理沙は丁寧にリボンを外し、包みを開ける。

「おや……？」

愛理沙は少し驚いた様子で目を見開いた。

そこから現れたのはクッキーだ。

もちろん、クッキーはホワイトデーのお返しとしてはさほどおかしなものではない。

問題はそのクッキーそのものだ。

少し不格好な形の物が、一つ一つ丁寧に透明な袋にラッピングされていたのだ。

その市販品というよりはむしろ、手作り感の強い雰囲気のクッキーを目の前にした愛理沙は、目を何度かパチクリとさせた。

そして由弦に問いかける。

「由弦さんの手作り、ですか？」

「あ、あぁ……まあ、そんな感じかな」

それは由弦が手作りしたクッキーだった。

味はプレーン、チョコレート、抹茶の三種類だ。

それぞれハート形……に見えなくもない形に型抜きされている。

「食べてみてもいいですか？」

「どうぞ、どうぞ。……感想を教えて欲しい」

「では、早速」

　愛理沙は頷くと、プレーンのクッキーを一つ手に取り、口に運んだ。

　ゆっくりと味わうように咀嚼する。

「……どう？」

　愛理沙が飲み込んだのを確認してから、由弦はそう尋ねた。

「そうですね……」

　愛理沙は少し考え込んだ様子を見せてから答えた。

「バターの風味が利いていて美味しいです」

「そ、そうか。それなら良かった」

　由弦はホッと胸を撫で下ろした。

　料理の感想を聞くのは緊張するのだと、由弦はこの時初めて学んだ。

　愛理沙は由弦に料理を振る舞うたびに似たような緊張を感じていたのだ。

「あえて付け加えるのであれば……」

「……あえて？」

　安心したのも束の間、由弦は愛理沙の不穏な言葉に思わずドキッとした。

「生地の厚みは均一にした方がいいですよ。あと、ちゃんと冷やしてから焼いた方が形も崩れにくくなります」

「そ、そうか、なるほど……参考になる。いや、しかし、凄いな」

クッキーの形と味だけで、由弦が生地を冷やさずに焼いたことを見破ってみせた愛理沙に、由弦は感嘆の声を漏らした。

一方で愛理沙は首を左右に振った。

「いえ、私は作り慣れていますから。……由弦さん、クッキーを作るの、初めてですよね？ それを踏まえれば上手に作れていると思いますよ」

愛理沙の言葉に由弦は思わず苦笑した。

「あぁ……いや、まあ、いくつか失敗はしたけどね。一番良くできたのを君にプレゼントした」

ちなみに失敗した物については、亜夜香たちに渡している。

もちろん、失敗といっても生焼けだったり、黒焦げになっているといったような、体調に問題が生じそうな物は渡していないが。

「そ、そうなんですか。なるほど、これが一番……」

愛理沙は少し困惑した表情を浮かべた。

しかしすぐに首を左右に振った。

「いえ……最初はみんな、上手くは作れないものですから。気にしなくても大丈夫ですよ」

「……そ、そう？」

「いえ……」に含まれているであろう愛理沙の本心について由弦は非常に気になったが……。

知らない方が幸せだろうと判断し、深くは聞かないことにした。

「ところで由弦さん。予備校……春期講習ですが、どうされますか？　私は受けたいと思ってますが……」

「俺も受けるよ」

「あ、そうなんですか？」

「……そんなに意外かな？」

由弦は思わず苦笑した。

もちろん、由弦は決して勉強が好きというわけではない。

しかしやらなければならない時にはしっかりやる。

そもそも受験や試験というものには一定のテクニックが存在する。

それは独学や学校の授業だけでは身に付かないものだ。

それがどの程度、効果があるかまでは分からないが……。

試しに春期講習に通ってみるという選択肢は、費用対効果を考えてもそこまで悪くはない。

「いえ、でも……ほら、由弦さんはその、ご家族で旅行に行かれるのではないかなと……」

「あぁ……確かに去年はそうだったね」

高瀬川家では春頃に海外へ、家族旅行に行くのが恒例行事になっている。

去年はそれが理由で愛理沙とはしばらく会うことができなかった。

「去年は？」

「今年は行かないよ。……一年間は勉強に集中しようと考えている」

由弦も家族旅行に行くか行かないかで合否が変わると思ってはいない。

要するに覚悟の問題だ。

「なるほど、そうなんですね！」

愛理沙は嬉しそうな声で手を叩いた。

春季休暇の短い間とはいえ、由弦と会えないことは愛理沙にとっては寂しいことだったのだ。

「では今年の春休みは……一緒に過ごせますね」

愛理沙は嬉しそうな表情でそう言った。

夏季休暇では多くの時間を由弦と一緒に過ごし、半ば同棲するような形になった。

それは愛理沙にとってはとても幸せなことであり、そして春も同様に過ごせるのは喜ばしいことである。

「あぁ……そのことなんだが……」

しかし愛理沙の反応に対して由弦は頰(ほお)を掻いた。

気まずそうな表情を浮かべる由弦に対して愛理沙は首を傾(かし)げた。

「えっと……何かご予定が？」

「予定はないよ。さっきも言った通り、勉強に集中したいから……そう、そのことなんだが、春休みから一人暮らしをやめようと思っているんだ」

由弦の言葉に愛理沙は目を大きく見開いた。

「それは……あぁ、そうでしたね。元々、ご実家からでも通おうと思えば通えるんでしたよね。勉強に集中するならその方がいいですよね」

由弦が一人暮らしをしていたのは、「一人暮らしがしたかった」からだ。

そんな我(わ)が儘(まま)を通すための条件が、生活費はアルバイトをして稼ぐことだった。

当然のことだが、労働時間分だけ勉強時間は減る。

受験に集中するなら、アルバイトはしない方がいい。

「となると、アルバイトもお辞めになるということですか？」

「そうだね。まあ、すぐには辞めないけど……勝手で済まない」

由弦はそう言って愛理沙に軽く頭を下げた。

愛理沙も今は由弦と同じところでアルバイトをしている。

それは由弦へのプレゼント代を稼ぐためというのもあるが、由弦と一緒に働きたいという理由もあった。

由弦がやめてしまえば、愛理沙もあえてレストランで働く理由はなくなってしまう。

「いえ、大丈夫です。勉強の方が大切ですし……そうですね。私も……はい、正直なところ、三年生になってからも続けるべきかは悩んでいました」

二人ともアルバイトを辞めるという結論になりそうだった。

申し訳ないという気持ちは当然あるが……

そもそも由弦と愛理沙が高校生であり、三年生になったら受験に集中するために辞める可能性が高いことは雇用先も承知の上のはず。

何より、二人はそれを理由に自らの人生において重要な時間を放棄するつもりはなかった。

「でも、そうですか。となると……由弦さんと過ごせる時間は減ってしまいますね」

「そうだね。……来年度はそうなるかな？」

同じ予備校に通えれば一緒に過ごせる時間は変わらない。

と、二人は一瞬だけ思ったが、口には出さなかった。

一緒に過ごしたいという理由だけで予備校に通うほど、二人は受験を舐めてはいなかったのだ。

「……来年度？　春休みはご実家で過ごされるのでは？」

そのため愛理沙が気になったのは、由弦の〝来年度〟という言葉だ。

来年度とは、今年の四月以降を差す。

しかしながら春季休暇は三月……今年度だ。

「あぁ……そのことなんだけど、そのさ。……良かったら、うちに来ないか？」

由弦の言葉に愛理沙は大きく目を見開いた。

「もちろん、家族には相談済みだ。その、いきなり愛理沙との時間が減るのは寂しいし……特に家族が海外に行っている間は、俺、一人になっちゃうからさ。その……もちろん、君が嫌でなければの話だけど、その、どうかな？」

「ぜひ‼」

愛理沙は目を輝かせながら由弦の手を取った。

※

春季休暇が始まった次の日のこと。

「これで終わり……っと」

由弦は最後の荷物を段ボールに詰め込み、ホッと一息ついた。

　そして引っ越し作業を手伝ってくれた婚約者と友人たちを見渡した。

「ありがとう、助かった」

「ええ。これは貸しにしておくわ」

　凪梨天香は笑みを浮かべながらそう言った。

　由弦が承知したと言わんばかりに頷くと、天香は僅かに困惑の表情を浮かべた。

　……冗談のつもりだったようだ。

「いやぁ、薄い本の一つや二つ、出てくると思ったのにね」

「残念ですねぇ」

　不純な動機で手伝っていたらしい橘亜夜香と上西千春はそれぞれそう言った。

「……俺はそんなものは持っていない」

　一方で由弦は愛理沙の方を見ながら弁解するようにそう言った。

「当然です」

　それに対して愛理沙は満面の笑みで頷き返した。

「しかし男水入らずで集まるには便利な場所だったんだがな」

「全くだ」

　佐竹宗一郎と良善寺聖は口々にそう言った。

　二人は愛理沙の次程度に由弦の部屋に入り浸っていた人間だった。

男友達の正直な言葉に由弦は苦笑する。

「悪かったな。……別の場所を探そう」

由弦は二人にそう言ってから時計を確認した。

時刻は十四時過ぎ。

朝食を食べてからずっと荷物の整理をしていた由弦は空腹を感じていた。

そしてそれは友人たちも同様だろう。

そう考えた由弦は提案する。

「何か、注文しないか？　奢（おご）るよ」

※

「わぁ、ピザ！　久しぶりですね!!」

届けられたピザを目の前に愛理沙は嬉しそうに目を輝かせた。

時刻は十五時過ぎ。

昼食にしては遅すぎで、夕食にしては早すぎる時間帯になってしまった。

「はい、じゃあ、ゆづるん。主催者として音頭を取って」

「大袈裟（おおげさ）だな。……まあ、いいけど。あぁー、えーっと、そうだな……今日は手伝ってくれてありがとう。……乾杯！」

「「乾杯」」

由弦の簡単な挨拶と共に六人は紙コップを掲げた。

ジュースを飲んでから、ピザを切り分け、食べ始める。

「ところで……皆さんは受験勉強とか、いつ頃から始めます？ ……もしかしてもう、始めてますか？」

愛理沙はそんな話題を振った。

すると何人かは――特に千春と聖の二人――は露骨に顔を顰めた。

「い、嫌なことを聞いてきますね……こんな時に」

「全くだ……」

「す、すみません」

楽しい場所でする話ではなかったと思ったのか、愛理沙は申し訳なさそうな表情を浮かべた。

しかし由弦はそんな婚約者を庇うように、首を大きく左右に振った。

「いや、大事なことだ。……君たちみたいな人間には特に。もう始めないと間に合わないんじゃないか？」

二人の志望校と成績が釣り合っていないことを由弦は把握していた。

しかし由弦の言葉に二人は耳を貸すどころか、露骨に耳を塞ぐことで聞きたくないという態度を見せた。

……こういうところが「志望校と成績が釣り合っていない」所以である。

「そういう愛理沙さんはどうなのかしら？」

「私は予備校の春期講習に通おうと思ってますよ。……由弦さんも一緒です」

天香の問いに愛理沙が答えた。

由弦も同意するように頷く。

「あら、そうなの。奇遇ね……私もよ。……本格的に始めるつもりはないけどね」

「俺もだ。……俺はもう、入塾するつもりでいるけどな。学校の授業だけでは不十分だと感じている」

天香と宗一郎はそれぞれそう答えた。

スタンスは微妙に異なるようだが、それでも一緒に通う仲間がいることは心強い。

友人と通えることを由弦と愛理沙が喜んでいると、水を差すように亜夜香が口を挟んだ。

「へぇー、真面目だねぇ。まだ春だよ？　私は夏から始めるつもりだけどね」

亜夜香の言葉に由弦は苦笑した。

油断していると落ちるぞ……と言うことはできなかった。

彼女は天才肌なのだ。

普段から何もしなくてもそれなりにできるし、少しやるだけで大きく偏差値を伸ばせる。

そういうタイプの人間だ。

「ですよね？」

「その通り！　もっと暖かくなってからでいいはずだ！」

「君たちは夏頃にはもっと涼しくなってからと言ってそうだな」

由弦は忠告するようにそう言った。

明日やろうは馬鹿やろうとはよく言ったものである。

「まあまあ、いいんじゃないかしら？　最悪……浪人するという手もあるでしょう？」

冗談半分という調子で天香はそう言った。

実際のところ由弦の高校では浪人を選択する生徒は少なくないので、彼女の言葉は冗談では済まされない。

……この中の全員が〝現役合格〟する可能性の方が低いだろう。

「……二年間も勉強するなんて、絶対に嫌です」

「俺もごめんだ」

「ということは志望から外れたところであっても、妥協して進学するのですか？」

愛理沙は二人にそう問いかけた。

〝学歴〟の価値は人それぞれだ。

十代の貴重な一年間――人によっては二年以上――を捧げる価値があるかどうかも、人それぞれだ。

絶対に浪人するのが嫌だと言うのであればそういう選択肢もある。

しかしながら天香と聖は揃って目を逸らした。

どうやら二人にも譲れないところが、妥協できないラインがあるようだった。

「君たちみたいな人間は少しでも今から始めた方がいいんじゃないか？　本格的に始めるのは夏以降でもいいとは思うが……助走期間はあった方が良いと思うけどね」

「……そうかもですね。春期講習の情報……メールで送ってもらえますか？」

「……俺も頼む」

千春と聖は嫌そうな顔でそう言った。

どうやら春期講習に通うのは亜夜香を除いた六人になりそうだ。

「え？　みんな通うの？　……じゃあ、私も行く!!　仲間外れは嫌!!」

訂正。

七人になった。

※

由弦の退去が恙なく終わってから数日後のこと。

「本日はお招きくださりありがとうございます」

由弦の実家を訪れた愛理沙は、由弦の祖父……高瀬川宗玄に頭を下げた。

そんな愛理沙に宗玄は穏やかな笑みを浮かべた。

「いや、こちらこそ。招きに応じてくれて感謝する。……実はワシが愛理沙さんと、将来の孫の嫁とよく話がしたいと言い出したのが切っ掛けでな」

「そ、そうなんですか……？」

宗玄の言葉に少しだけドキドキしながら愛理沙はそう返した。

愛理沙と宗玄は初対面ではないが、あまり話をしたことがない。

そもそも恋人の祖父という存在は決して遠くはないが、近い関係とも言えない。

「あぁー、まあ、そこまで緊張せんでくれ。孫との時間を邪魔するつもりはない。そもそもワシらは普段、離れの方に住んどるからな」

高瀬川宗玄は高瀬川家の実質的な支配者ではあるが……

しかしながら彼は公的には由弦の父に地位を譲り、隠居した身だ。

だから本邸ではなく、離れ……つまり別館の方に住んでいる。

もっとも、子供や孫に会うために本邸の方にしょっちゅう顔を出してはいるのだが。

「お爺さん、話が長いですよ！　悪い癖です」

「別にそこまで長くは話しとらんがな……」

由弦の祖母――高瀬川千和子に苦言を呈され、宗玄は不満そうな表情を浮かべながら引っ込んだ。

「いや、すまないね。……若い子を前にすると、つい長話をしたくなる年頃みたいなんだよ」

「いえいえ、由弦さんのお爺様と……お話ができて嬉しく思っています」

由弦の父、高瀬川和弥の言葉に愛理沙は笑みを浮かべながら答えた。

特別、由弦の祖父の話を長いとも感じなかったし……

そもそも〝婚約者の祖父の話が長い〟という言葉を当の本人の目の前で肯定するほど愛理沙は愚かではなかった。

「そう思うなら、早く家に上がってもらうべきだろう」

愛理沙の隣で、トランクを手に持った婚約者……由弦はそう言った。

駅まで愛理沙を迎えに行き、ここまで案内して来たのは由弦だ。

次期当主の言葉に先代当主と今代当主は頷き、家に上がるように愛理沙を促した。

「では、お邪魔します」

愛理沙は一礼してから家に上がった。

「とりあえず……荷物の方を先に片づけてしまおう。客室に案内するよ」

「ありがとうございます。じゃあ、その前に……こちら……養父からです」

愛理沙は手に持っていた紙袋を少し掲げてみせた。

紙袋には和菓子で有名な老舗店のロゴが入っていた。

「おや、ありがとう。……彩弓」

「はい。……ありがとうございます。愛理沙さん」

和弥の言葉に、由弦の妹である高瀬川彩弓が前に進み出て愛理沙から紙袋を受け取った。

その後、愛理沙は由弦の案内に従い、廊下を歩く。

通されたのは小綺麗な和室だった。

一通りの家具も揃っている。

「もっといいところはあるんだが……壺とか掛け軸とかあると、落ち着かないだろう？」

「そうですね。……この方が嬉しいです」

高そうな物が置いてあると、たとえその気がなくとも〝壊してしまわないか〟心配になってしまう。

婚約者の心遣いに愛理沙は感謝した。

「さて、夕食まで時間あるけど……どうする？　俺の部屋ならゲームとかあるよ。……居間には行かない方が良い。爺さんの長話を聞かされるだろうからね」

「……では、一つお願いがあるのですが、よろしいでしょうか？」

「何なりと」

「ワンちゃん、もふもふさせてもらっていいですか？」

愛理沙は手をワキワキさせながらそう言った。


「あぁ……可愛いです」

アレクサンダー（秋田犬）を撫でながら愛理沙は顔を綻ばせた。

近くに由弦がいるからか、それとも愛理沙のことを覚えているのか。

アレクサンダーは大人しく愛理沙に撫でられている。

しばらくアレクサンダーを撫でていると、嫉妬したのか、ハンニバル（スパニッシュ・マスティフ）が愛理沙を小突いた。

「あ、ちょっと……分かってます。今、撫で撫でしてあげますからねぇ」

愛理沙はアレクサンダーを撫でるのをやめて、ハンニバルに手を伸ばした。

その大きな頭や首の下を撫でる。

「大きくて、もふもふしてて、抱擁感があります。猫ちゃんは猫ちゃんで可愛いですが、

「ワンちゃんはワンちゃんでいいですね……」

　ハンニバルに抱き着き、顔を毛並みに埋めながら愛理沙は感慨深そうに言った。

　目は蕩け、口元はへにゃりと緩んでいる。

　由弦にもこんな顔はあまり見せてくれない。

「来世は犬が良いなぁ……」

　愛理沙に飼われたい。

　由弦は他二頭――イングリッシュ・マスティフのスキピオと、ジャーマン・シェパードのピュロス――を撫でながらそんなことを思った。

「どうせなら、猫ちゃんになってください。そうすればいっぱい、可愛がって……っきゃ！」

「あ、愛理沙⁉」

　気が付くと、愛理沙はアレクサンダーとハンニバルの二頭にじゃれつかれていた。

　二頭に伸し掛かられ、顔を舐められている。

「あぁ……ちょ、ま、待って……」

「うーん……これは……助けた方がいい？」

　襲われているようにも見えるため、助けなければいけないような気もするが……

　しかし愛理沙も喜んでいるようにも見えた。

それに二頭が人を噛んだりしないことは、飼い主である由弦も良く知っている。

「そ、それは……少し悩ましいところでは……あぁ！　やっぱり、助けてください。だめ、そんなに舐めちゃ……」

「はいはい。こら、離れなさい。離れなさい……離れなさい！」

由弦は強い口調で二頭を制止しながら、強い力で押すようにして愛理沙の体の上から犬を退かした。

叱られたことに気付いたのか、二頭はしゅんとした様子で項垂れる。

「ほら、大丈夫か？　愛理沙」

「は、はい」

由弦は倒れ込んでいた愛理沙を引っ張り上げた。

何とか愛理沙は起き上がる。

怪我をした様子はない。

しかし泥まみれ、毛まみれ、そして犬の唾液まみれだった。

「夕食の前にお風呂に入った方が良さそうだ」

「あはは……そうですね」

愛理沙は苦笑した。

※

「お夕飯の前に……申し訳ありません」

入浴を終えた愛理沙はペコペコと頭を下げた。

居間には由弦を含め、全員が揃っており、テーブルの上には料理が並んでいた。

「いえ、大丈夫よ。丁度今、出来上がったところだし……それよりも、ごめんなさいね。うちの犬が……」

由弦の母、彩由もまた申し訳なさそうに言った。

汚れてしまった愛理沙の服は、洗濯に出されている。

「いえ、油断していた私が悪いですから……」

愛理沙は再度、頭を下げてから空いていた席……由弦の隣に座った。

それと同時に家政婦が、メインとなる最後の料理……刺身を持ってきた。

「では、食事にしようか」

宗玄のそんな言葉と共に、夕食が始まった。

由弦が食べ始めたのを確認してから、愛理沙も箸を取る。

煮魚の身を解し、口に運ぶ。

「美味しい……これはキンキですか？」

愛理沙は彩由に対してそう尋ねた。

すると彩由はバツの悪そうな表情を浮かべた。

「え？　あっ……えっと……」

「……キンキで合ってます、奥様」

近くにいた家政婦が小声で彩由に耳打ちした。

すると彩由はもっともらしい表情で頷いた。

「そう、キンキよ」

「そ、そうですか。……なるほど」

普段は家政婦が料理を作っている。

という話を思い出した愛理沙は、苦笑しながら頷いた。

「愛理沙。刺身、取ろうか？」

隣に座っていた由弦が愛理沙にそう尋ねた。

中央に置かれている刺身は、愛理沙の位置からだと少し取り辛い。

また、大皿に盛られている料理に箸を運ぶのは、少し遠慮してしまう気持ちがあるのは否めない。

たとえ相手が自分を客人として歓迎してくれているとしてもだ。

そのため由弦の申し出は愛理沙にとっては非常にありがたいものだった。

「では、お言葉に甘えて」

「何切れずつにする？」

「とりあえず一切れずつでお願いします」

愛理沙がそう言うと、由弦は取り皿に刺身を盛ってくれた。

一種類、一切れずつ。合計、五切れ。

これくらいならば食べ切ることができる。

「いつも、こんなに豪華じゃ……ないですよね？」

愛理沙は由弦にそう尋ねた。

愛理沙の言葉に由弦は苦笑しながら頷いた。

「今日は君が来て……初日だからね。毎日、食べたい？」

「それはさすがに気後れしてしまいますから……」

由弦の冗談半分の言葉に愛理沙は苦笑した。

「あぁ……ところで愛理沙さんは、どんな食べ物が好きかな？」

由弦と愛理沙の会話が終わったのを見計らったようなタイミングで、宗玄が遠慮がちに尋ねて来た。

愛理沙と、孫の婚約者と、若い子と喋り（しゃべ）たくてうずうずしている。

そんな表情だった。

「そうですね……」

愛理沙としても婚約者の祖父と仲良くできるチャンスだ。

笑みを浮かべながら、愛理沙は由弦の祖父との会話を始めた。

そして小一時間程が経過し……

「それでな、ワシはＧＨＱのやつらに……」

「……は、はぁ」

ちょっと長くなってきた。

と、愛理沙が感じ始めてきた頃のことだった。

「愛理沙。そろそろ明日の準備、しないか？」

由弦が会話に割り込むようにそう切り出した。

すると宗玄は怪訝そうな表情を浮かべた。

「……明日？」

「明日は俺も愛理沙も、春期講習に行くんだよ。……忘れてた？」

由弦が苦笑しながら宗玄にそう言うと、大袈裟な仕草で大きく頷いた。

「まさか、覚えておるよ。そこまで呆けてないわ。……あぁ、うん。そうだな。となると、明日は早いか。今日はここまでにしよう。……二人とも、早く寝るように」

そう言ってから宗玄は何かを誤魔化(ごまか)すように咳払(せきばら)いをした。

※

夕食後。

由弦の部屋で二人きりになったタイミングで、由弦は申し訳なさそうな表情で愛理沙に頭を下げた。

「長くなってすまない。……長話はやめてくれと言っておいたんだが」

「いえ、大変興味深い話でした」

恥ずかしそうにする由弦に対して愛理沙はそう返した。

実際、政界財界の裏まで知り尽くしている老人の話は、面白いエピソードも多かった。

「そう言ってくれるとありがたいが、それは爺(じい)さんには言わない方が良い」

「えっと……それは？」

「君がさっきの数倍長い話を聞きたいなら別だが……」

「……ご忠告、ありがとうございます」

由弦の言葉に愛理沙は真剣に頷いた。

それから二人はイチャイチャしながら、翌朝から始まる春期講習の準備を進めた。

　そして二十三時を回ったタイミングで、お互い寝ることにした。

「じゃあ、愛理沙。トイレは出てすぐのところにあるから」

「はい、ありがとうございます」

「怖かったら電話してくれ。すぐに向かう」

「……今回は大丈夫ですから」

　愛理沙はムッとした表情でそう言い返した。

　すると由弦は愉快そうに笑った。

「ところで……愛理沙」

「はい？」

「三日後に……うちの両親は旅行に行くからさ」

「はい。……そう聞いてます」

　今年、由弦は行かないが……。

　しかし由弦以外の家族は例年通り、海外旅行に出掛ける。

　それは愛理沙も事前に聞いていたことだった。

　そもそも、由弦が愛理沙を誘った理由が「一人だと寂しいから」であったはずだ。

「それがどうかしましたか？」

　今更何を？

と思いながら愛理沙は尋ねた。

「うん。まあ、つまりだ」

由弦はそう言いながら、顔を愛理沙の耳元に近づけてきた。

「……そうなったら、一緒に寝られるから」

そして、そう囁いた。

愛理沙はその言葉に少しだけ顔が熱くなるのを感じた。

「……はい。楽しみにしています」

赤らんだ顔で愛理沙はそう答えた。

※

翌朝。

普段通りの時刻に起きた愛理沙は着替えを終えると、顔を洗いに洗面所へと向かった。

「……起きてるのは私だけ？」

早く起きすぎてしまったのかと、愛理沙は思わず首を傾げた。

一先ず、顔を洗い終えた愛理沙は台所へと向かった。

もし人がいるとするなら、そこだと考えたからだ。

「やっぱり、この時間からじゃないと間に合わないですよね、朝食の準備は」

近づいて行くと、僅かに台所から物音がしていることに愛理沙は気付いた。

彩由が料理を作っているのだろう。

手伝わなければと、愛理沙は台所に顔を出す。

「おはようございます……？」

しかしながら、そこにいたのは彩由ではなかった。

高瀬川家の人ではない……中年の女性だ。

しかし知らない人物ではない。

自己紹介をしたことはあったし、何より昨晩は彼女が夕食の配膳をしていたからだ。

「あら……おはようございます、若奥様。お早いのですね」

高瀬川家に勤めている家政婦の女性は包丁を持つ手を止めると、愛理沙に頭を下げた。

〝若奥様〟と呼ばれた愛理沙は、思わず苦笑した。

「若奥様って……気が早いですよ」

「おほほ、そうでしたね。では失礼ながら……愛理沙様でよろしいでしょうか？」

「……はい」

〝様〟と敬称で呼ばれた愛理沙は、思わず頬を掻いた。

〝お客様〟や〝雪城様〟とレストラン等で呼ばれたことはあるが、〝愛理沙様〟は初めてだ。

「朝ごはんのご準備ですか？」

「はい、そうですよ」

「何かお手伝いできることはありますか？」

愛理沙が早起きしたのは、朝の準備を手伝うためだ。

将来嫁ぐ身として、お客様扱いで〝居候〟させてもらい続けるのは、愛理沙には少し気が重かった。

「いいえ……愛理沙様はごゆっくりお過ごしください」

「簡単なことならできますけれども……」

愛理沙の言葉に家政婦の女性は少し困った表情を浮かべた。

「その……お気持ちは大変嬉しいのですが。私の仕事ですから……」

「そ、そう、ですか……」

仕事だから。

と、言われてしまうと愛理沙も無理に手伝うとは言えなかった。

「あ、そうだ……もしよろしければ、お時間が来たらお坊ちゃまを起こして差し上げてもらえませんか？　愛理沙様が起こしに行かれた方が、お喜びになられると思いますし……」

「そう、ですね。そうします」

こうして愛理沙は体よく台所から追い出されてしまった。

※

予備校への道中。

「土日祝日以外はお手伝いさんがいらっしゃるという認識でよろしいですか？」

愛理沙は由弦にそう尋ねた。

愛理沙の言葉に由弦は頷く。

「基本的にはね。あとは……旅行に行っている間はいないかな」

「旅行？　……あぁ、海外旅行ですか」

「そう。お手伝いさん……他にも庭師とかもいるけど、彼ら、彼女らを休ませる目的もあるから。だから爺さんたちも温泉旅行に行くし。……本当に二人っきりだ。安心して欲しい」

「そう……ですか」

どうやら由弦は家政婦がいるせいで二人きりになれないのではないかと、愛理沙が心配していると思ったようだ。

もちろん、そういう懸念がなかったわけではないが……しかし愛理沙が気になったのはそこではない。

「……何かあった？」

思っていた答えが得られなかった。

と、そんな気持ちが顔に出ていたらしい。

由弦に尋ねられた愛理沙は小さく頷いた。

「えっと……今朝、お手伝いをしようとしたら、断られてしまって」

「あ、あぁ……うん、そうだね。手伝いはしなくていい……というか、しない方がいいかな……仕事を奪うのは良くない」

「そうですよね……」

由弦の言葉に愛理沙は小さく肩を落とした。

雇用契約が結ばれている以上、いくら善意とはいえ領分を侵すことは良くないと愛理沙も分かっている。

しかし分かっていることとはいえ、落ち着かない。

「……家事したい？」

「したい……というか、その、そうですね。由弦さんに私の手料理を食べて欲しいとは……思ってます」

当然ながら愛理沙にも好きな家事、嫌いな家事、得意な家事、苦手な家事がある。

例えばトイレ掃除などは、率先してやりたいとは思わない。

一方で料理については、手料理を由弦に振る舞いたいという気持ちがある。

愛理沙が自信を持って誇れる得意分野であり、そして由弦の胃袋を摑んでいるという自負もあるからだ。

「じゃあ、二日目からお願いしようかな？」

「はい。ところで……私たちが結婚した後なのですが……」

「あぁ……そっちか」

愛理沙の言葉に由弦は顎に手を当てて考えてから、口を開いた。

「大学に入学して……卒業するのが最低でも五年後だろう？　大学院に進学するなら、もう少し掛かるかな。それから結婚して……しばらくはマンションか、別邸に住むかな。本邸に移るのはその後だし……その時には最年長の人は退職しているかな」

「……ということは、私、お料理できますか？」

最年長の人は退職している。

つまり人が減ることで、愛理沙が家事をすることが可能になると捉えられる。

その解釈で正しいかと愛理沙が尋ねると、由弦は大きく頷いた。

「君がしたければ。……かな？　逆に君にやりたい仕事や趣味、研究ができて……料理に手が回らないなら、人を増やすだけだ」

「なるほど。そう、ですか。……やりたいことが見つかるかは、分かりませんが。その時に考えれば良いことですね」

「そうだね。……二日後からは、期待していいかな？」

由弦がそう尋ねると、愛理沙は大きく頷いた。

「はい、もちろん！」

※

「愛理沙ちゃん。今、ゆづるんの実家にいるんだよね？」

春期講習、三日目。

予備校にて、休憩時間中に亜夜香は愛理沙にそう話しかけた。

亜夜香の問いに愛理沙は頷いた。

「はい、そうです。お邪魔しています」

「何か、進展あった？」

「……進展、ですか？」

亜夜香の問いに愛理沙は首を傾げた。

一方で亜夜香はニヤニヤと笑みを浮かべながら、愛理沙に耳打ちした。

「いや、婚約者と一つ屋根の下で寝泊まりしてるなら、やることは一つじゃない」

「なっ！」

亜夜香の言葉に愛理沙は顔を真っ赤にした。

「ご家族もいるんですよ？　そんなこと、できるわけないじゃないですか！」

一つ屋根の下なのは間違いないが、しかしながら由弦以外の高瀬川家の人も、同じ屋根の下にいるのだ。

覗かれることはなくとも、何かをしたのだろうと邪推されるようなことをできるほど、愛理沙は度胸がなかった。

「ということは、いなかったらするの？」

「そ、それは……」

愛理沙は三日前の由弦の言葉——家族が旅行に出かけたら、一緒に眠れるという言葉を思い出した。

由弦の家族たちは、由弦と愛理沙が予備校から帰って来てから、家を出発することになっている。

だから今日の夜から、愛理沙と由弦は同じ布団で眠ることができる。

「顔、真っ赤だけど。あれ、図星だった？」

「ち、違います！　あ、揚げ足を取らないでください！　……別に由弦さんと一緒に寝るのは今回が初めてというわけではないですから」

由弦と愛理沙が一つ屋根の下で過ごすのは今回が初めてではない。

そして添い寝も初めてではない。

考えすぎであると……愛理沙は自分で自分に言い聞かせながら、そう主張した。

「私、寝るとは一言も言ってないけど？　やーい、むっつり！」

「うっ……でも、そういう意図を込めてたじゃないですか」

連想させるようなことを言ったのはそちらだと、愛理沙は亜夜香を睨(にら)みつけた。

一方で亜夜香は肩を竦(すく)めた。

「まあ、そうだけど……でも、それ以外にもいろいろあるじゃない」

「……それ以外、ですか？」

「うん、それ以外。あれ、愛理沙ちゃんは婚約者と一つ屋根の下でやることと言われたら、それ以外思い浮かばないの？」

「そういうのはやめてください。……候補が多すぎて何のことだか、分からないんです。そもそもやれることは一通り、やってますから」

添い寝をする。

膝枕をする、腕枕をしてもらう。

接吻(せっぷん)をする。抱きしめ合う。

手料理を振る舞う。一緒に料理をする。

一緒に遊ぶ。

何か特別なことをするわけでもない、何気ない時間を過ごす。

おおよそ、やれることは一通りやっている。

やっていないことがあるとすれば、その程度だと愛理沙は考えていた。

「へぇ、じゃあ裸を見せたこともあるんだ」

「は、裸って……な、ないですよ！　そ、そんなこと!!」

水着を含め、半裸に近い恰好(かっこう)になったことはあるが、裸を見せたことはなかった。

そして逆に見たこともなかった。

半裸と裸では、大事なところが隠れているか、隠れていないかで、大きな違いがある。

「そ、そもそも……それこそ、裸なんて、そういう時くらいしか、見せること、ないじゃないですか」

「そうかな？」

「そうですよ。……急に何の脈絡もなく、裸になんてならないでしょう？」

裸を見せてくれ。

と、急にそんなことを言われても困る。

もちろん、嫌というわけではないが……ムードや雰囲気というのは大切だ。

「そうかな？　他にもあると思うけれど」

「……どんな時ですか？」

「あ、気になっちゃう？　そんなに見せたい？　それとも見たいの？」

「違います！」

亜夜香の揶揄(からか)いに、愛理沙は拗(す)ねた様子で顔を背けるのだった。

※

「じゃあ、邪魔者は留守にするから。お若い二人だけで楽しんでね」

「お気遣い、ありがとう」

彩弓の言葉に対し、由弦は苦笑しながら答えた。

彩弓は由弦と愛理沙に手を振ってから、「さあ、行こう！」と言わんばかりに両親の顔を見上げた。

しかしながら由弦の両親は、まだ心残りがあるらしい。

「由弦、ちょっと来て」

「何だよ、母さん」

彩由の手招きに応じ、由弦は彼女の側に駆け寄った。

彩由は愛理沙の方を一瞥してから、近くにやってきた息子に耳打ちした。

「分かっていると思うけど、あまり羽目を外しすぎないでね？」

「分かってるよ」

「愛理沙さんの保護者に、私たちが頭を下げなければいけないようなことは、絶対にやめてね」

「分かってるって。……もう少し、信用してくれてもいいんじゃないか？」

由弦はムスッとした顔で彩由にそう言った。

早く愛理沙と二人でイチャイチャしたいと思っている由弦だが、当然限度は弁えている。

そもそも由弦は愛理沙が困るようなこと、苦しめたり、悲しませたりするようなことをするつもりは全くない。

「本当の良妻賢母はね、夫や息子のことを信じつつも、妄信しない人のことを言うのよ」

「良妻賢母、ね……」

「何か文句があるの？」

「ないです」

彩由の言葉に由弦は首を左右に振った。

彩由は満足そうに頷くと、愛理沙に向き直った。

「じゃあ、うちの息子のこと、お願いね」

「はい。任せてください」

愛理沙は力強く頷いた。

その言葉に彩由はもちろん、和弥も笑みを浮かべた。

「頼もしい言葉だね。安心して留守を任せられる。……では、行ってくるよ。何かあったら、遠慮なく連絡してくれ」

そう言い残すと、三人は車に乗り込み、去って行った。

それを見送ってから、由弦は愛理沙の肩に手を置いた。

「……どうされましたか？」

「どうやら、俺は両親からの信用がないらしい。傷ついた。慰めてくれ」

もちろん、由弦はそう言いながら、愛理沙に自分の頭を差し出した。

由弦はその程度の言葉で傷つくほど柔な人間ではない。

愛理沙といちゃつくための、大義名分に過ぎない。

「はいはい……」

愛理沙は呆れ顔で、由弦の頭を優しく撫でるのだった。

※

「由弦さん、あーん」

「あーん……」

由弦は口を開けて、菜箸に挟まれた肉じゃがを迎え入れた。

愛理沙は手に持っていた菜箸を下げてから、由弦に尋ねる。

「どうですか？」

「うん、美味しい。丁度良い感じだと思う」

由弦の言葉に愛理沙は満足そうに頷いた。

「そうですか。なら、これで完成にしましょう」

由弦の両親と妹が海外旅行に出かけた後。

由弦と愛理沙の二人は早速、夕食作りに取り掛かっていた。

「あとはお魚だけですけれど……どうですか？」

「丁度焼けた……かな？」

「……見せてください。これは……焼けてますね。大丈夫です」

主菜が完成したことを確認すると、二人はお盆に料理を乗せて、居間へと運んだ。

「いただきます」の挨拶をしてから、食事を始める。

「君の料理はしばらくぶりだったけど、やっぱり美味しいね」

由弦は目を細めながらそう言った。

家政婦たちもその道のプロなので、料理は美味しいが……しかし愛理沙が、婚約者が作ってくれた料理は別格だった。

「ありがとうございます。……由弦さんが焼いてくださったお魚も、美味しいですよ？」

「いや、それはグリルが凄(すご)いだけだから……」

「分かってます。冗談ですよ」

雑談を交えながら、二人は食事を終えた。

食器を洗いながら由弦は愛理沙に尋ねる。

「この後、どうしようか？」

「……そうですね」

由弦の問いに愛理沙は少し考え込んだ様子を見せてから、軽く手を打った。

「そうだ。ぜひ、見せていただきたい物がありまして」

「見たい物？」

「はい。由弦さんが小さい頃を録画したビデオってありますか？」

「あぁ……なるほど」

愛理沙の言葉に由弦は頬(ほお)を掻いた。

アルバムや録画ビデオなど、〝思い出〟を切り取った情報媒体は大抵の家庭には存在するだろう。

当然、由弦の家にもそういったものが……それも大量にあった。

だから見せることは可能だ。

「……問題がありますか？」

「いや、ちょっと恥ずかしいなと……」

「嫌と言うなら無理にとは言いませんが……」

残念そうな表情で愛理沙はそう言った。

そんな愛理沙に対して由弦は左右に大きく首を振ってみせた。

「いいや……大丈夫だ。恥ずかしいには恥ずかしいが……見せたくないってわけじゃない。君が見たいなら見せるよ。……見たいんだろう？」

「はい。とても……気になります！」

愛理沙は目を輝かせながら大きく頷いた。

由弦は苦笑しながら、洗い終えた食器を置くと、手をハンカチで拭いた。

「分かった。……ちょっと捜してくるから。残りの洗い物は任せていいかな？　終わったら居間で待っていてくれ」

「はい！」

捜し物をする時（こういう時）、家が広いと困る。

由弦は内心でそんなことを思いながら、幼少期の出来事が記録されているであろうデータディスクを捜し始めた。

幸いにも保管場所は由弦の予想通りであり、愛理沙が洗い物を終えた頃には持ってくることができた。

「どの部分から見たい？」

「そうですね。……じゃあ、最初から」

「ゼロ歳ってことね」

長くなりそうだと由弦は苦笑しながら、ディスクを再生した。

テレビに若い女性と、赤子が映し出される。

「わぁ……これが由弦さん。可愛い……」

「君の方が可愛いよ」

「そういうのは今はいいですから」

画面の中の由弦は少しずつ成長し始める。

そんな由弦の様子を見て「少し似てきた」と愛理沙は嬉しそうに笑う。

しかし途中で愛理沙は自分の顔を両手で覆い始めた。

「わ、わわ……は、早送りしてください！」

「……そこまで過剰に反応しなくても」

そこは丁度、由弦が湯舟に入れられているシーンだった。

当然、由弦は素っ裸であり、あられもない姿になっている。

もっとも、赤子なので〝あられもない〟も何もないのだが。

「だ、ダメです……犯罪になってしまいます！」

「はぁ、まあ、いいけど……」

顔を少し赤らめ、あたふたする愛理沙の様子を見るのは面白かったが……

あまり婚約者を困らせるのも良くないと考え、由弦は言われるままにスキップ機能を使った。

次の瞬間、ちゃんと服を着た由弦が画面に浮かぶ。

その後も由弦の成長は続く。

ハイハイ歩きだったのが、立ち上がるようになり、二足歩行を始め、走り始めた。

「あはは、由弦さん。甘えん坊さんだったんですね」

幼稚園に行きたくない！

と泣きながら駄々(だだ)を捏(こ)ね、母親にしがみ付く由弦を見て、愛理沙は楽しそうに笑った。

「昔のことだ。……あまり揶揄わないでくれ」

一方、画面の外の由弦はため息をつきながらそう言った。

いくら過去とはいえ、自分の痴態を婚約者に見られるのはとても恥ずかしい。

「良いですね。こういうの……」

愛理沙は羨ましそうな表情でそう呟く。

その表情は少し寂しそうだ。

「残ってないのか？　……小学生の時までのやつ。写真とかも」

愛理沙の両親が亡くなったのは、愛理沙が小学生の時だ。

だから愛理沙の両親が機械が苦手という理由がない限り、その時までの録画ビデオや写真が残っていてもおかしくない。

「……どうでしょうか？　聞いたことがないので、分からないです」

「……聞いてみないのか？」

「そう、ですね。気が向いたら……」

随分と消極的な様子の愛理沙に由弦は首を傾げた。

羨ましがるのに、探そうとしないのは由弦にとっては少し理解し難い。

（……残っていないと言われるのが怖いとか？　生きているご両親を見たくないとか？）

そこには愛理沙にしか分からない、複雑な感情がありそうだ。

こればかりは無遠慮に触れない方がいいだろうと判断した由弦は、そんな愛理沙の肩を抱いた。

「これからたくさん残していこうか。……もちろん、子供の分も」

「もう、気が早いですよ」

愛理沙は顔を少し赤らめてそう言った。

※

「また……亜夜香さんが映ってますね」

ムスッとした声で愛理沙はそう言った。

画面には五歳ほどの二人の少年と一人の少女――由弦と宗一郎、亜夜香――が映っていた。

三人はお飯事(ままごと)をしているようだ。

宗一郎は亜夜香に泥団子を食べさせられており、由弦はそれを見てドン引きしている――様子が映っている。

「そうだね」

「何でですか」

「幼馴染(おさななじ)みだから」

「……私は映ってないのに」

「まだ知り合ってないからね」

「……」

「どうしようもないことで怒らないでくれ……」

「怒ってないです」

愛理沙はそう言いながら由弦の方へと体を傾け、頭を突き出した。

そんな愛理沙の頭を由弦は優しく撫でる。

「俺は亜夜香ちゃんの泥団子よりも、君の作ってくれる料理の方が好きだ」

「当たり前です。そもそも前者は食べられないでしょう？」

「……宗一郎は食べているが」

「……お気の毒ですね」

この時から両者の力関係ははっきりしていたようだ。

由弦も愛理沙も苦笑した。

愛理沙の機嫌が少し良くなったところで、場面が切り替わる。

そこは見覚えがある浴室で……

「わわっ！　だ、ダメです！」

「いたっ……」

愛理沙は慌てた様子で由弦の目元を手で塞いだ。

軽くとはいえ、手を顔に叩きつけられた由弦は小さな悲鳴を上げる。

「な、何をするんだ！」

「み、見ちゃダメです!!」

「五歳児の裸なんて……」

「ダメです!! ……飛ばしますから!!」

愛理沙は叫ぶようにそう言った。

しばらくしてから、由弦の視界が開けた。

「気にしすぎじゃないか？」

「気にしますよ！ ……どうしてお風呂に一緒に入ってるんですか？」

「さあ……ああ、お飯事で泥だらけになったからじゃないか？ 時系列的に」

宗一郎が泥団子を食べさせられていたシーンでは、由弦も宗一郎も亜夜香も泥だらけになっていた。

お飯事が終わった後、保護者たちは三人をまとめて湯舟に入れて、泥を落としたのだろう。

由弦はそんな推理をした。

「ううっ……こ、これだから幼馴染みは……！ い、いつまで一緒に入ってたんですか⁉」

「うーん……そもそもさっきのシーンも記憶にないしな。あれが最初で最後じゃないか？　分からないけど……」

少なくとも由弦の記憶上はなかった。

もっとも、今後録画ビデオを再生し続けているうちに発掘される可能性も否定できないが。

「そうですか。……なら、許します」

そう言って小さく鼻を鳴らす愛理沙に由弦は思わず苦笑した。

「そんなに羨ましいなら、後で一緒に入る？」

冗談半分で由弦は愛理沙にそう提案してみた。

すると愛理沙が固まった。

少ししてから翡翠色の瞳を大きく見開く。

「あぁ……そ、その、今のは冗……」

「……入りたい、ですか？」

由弦が誤魔化そうとすると、愛理沙は仄かに赤らんだ表情でそう聞いてきた。

由弦は少し考えてから、頷いた。

「……入りたい」

「そう、ですか」

「……愛理沙は？」

「私も……吝かではありません」

愛理沙は潤んだ瞳で由弦を見上げながらそう言った。

ここまで言われてしまえば、今更逃げられない。

そして由弦には逃げるつもりもなく、逃げる必要性もなかった。

「そ、そうか……じゃあ、入ろうか」

「はい。……入りましょう」

由弦の言葉に愛理沙は力強く、頷いた。

「……」

「……」

そして少しの沈黙。

「……水着、ないけど、大丈夫？」

「……はい。分かっています」

「そう……か」

気が付くと由弦の心臓は酷く脈打っていた。

望んでいたことであるにもかかわらず、いざ目の前までそれが迫った途端、緊張してしまったのだ。

「お風呂、沸かしてくるよ。……待っていてくれないかな？」

由弦は愛理沙にそう言って、立ち上がった。

由弦の言葉に愛理沙は頷いた。

「はい。お風呂掃除は……」

「お手伝いさんが済ませてくれている」

「そうですか」

「だからお湯を溜めるだけだ。じゃあ、行ってくるよ」

由弦はそう告げると逸る気持ちを抑えながら、浴室へと向かった。

お湯を沸かすのは簡単で、湯沸かし機能のボタンを押すだけだ。

ボタンを一つ押してから、由弦は居間へと戻った。

愛理沙は正座して由弦を待っていた。

「……沸かしてきたよ。十五分くらいで沸くと思う」

もう、逃げられないから。

愛理沙に対して、そして自分自身に言い聞かせるように由弦はそう言ってから、その隣に腰を下ろした。

「……」

「……」

テレビの音だけが室内に響く。

由弦は愛理沙と何を話せば良いのか分からなかった。

いたたまれなくなり、忙しなく首を動かして部屋の中の様子を窺う。

当然、何か気になる物が見つかるはずもない。

由弦は再び愛理沙の方へと視線を向けた。

「「あっ……」」

すると顔を俯かせていた愛理沙と、目が合ってしまった。

目が合ったからには、何かを話さなければいけない。

「「あ、あの……」」

そう思ったのは由弦も愛理沙も同じだった。

二人の声が被る。

「ど、どうぞ……お先に」

「え、えっと……」

愛理沙に促され、由弦は必死に話題を考えた。

話しかけることに必死で、肝心の内容について考えていなかったのだ。

「明日の予備校の授業だけど……」

すでにある程度、話し合ったはずの内容を、由弦は何度も繰り返す。

そして愛理沙もまた、何度も相槌を打った。

二人の会話には中身がなく、そして二人とも上の空だった。

「……ところで、愛理沙は？」

「わ、私ですか？　え、えっと……何でしょうか？」

「何を言いかけたのかなって……」

「あ、あぁ！　そ、そうですね……え、えっと……」

愛理沙もまた、何も考えていなかったのだろう。

目を泳がせた。

「お風呂に入った後は、ど、どうしましょうか？」

どんなに長湯をしても風呂から上がるのは二十一時頃だろう。

時刻はまだ二十時。

寝るのには少し早すぎる。

「ビデオの続きを……見れば良いんじゃないか？　……飽きたなら、ゲームをしよう」

「そ、そうですね」

愛理沙は乾いた声で笑った。

由弦もまた、緊張で強張る顔に、強引に笑みを浮かべた。

「……」

「……」

再び沈黙。

一分か、二分か……それとも五分以上か。

愛理沙はおもむろに立ち上がった。

「……愛理沙？」

「着替えとかタオルを持ってきます」

「そ、そうか。じゃあ、俺も……持ってくるよ」

由弦もそう言って立ち上がる。

「……多分、体を洗っている間に溜まると思うんだ」

「そう、ですか」

「だから、もう入れると思う」

「では……浴室で集合ということで」

そう決めると、由弦は愛理沙と別れて自室へと向かった。

自分のタオルと着替えを持ち、浴室へと向かう。

脱衣所の前で立っていると、すぐに愛理沙がやってきた。

「……お待たせしました」

「いや、今、来たところだ」

そして由弦と愛理沙は顔を見合わせ、ゆっくりと頷いた。

――入ろう。

※

「さて……どうしようか」

「そ、そうですね。……どうしましょうか」

二人は脱衣所に入ると、そんなことを言い始めた。

どうするも何も、答えは一つだ。

「と、とりあえず……脱ごうか」

「そう、ですね！」

由弦の言葉に愛理沙は頷いた。

しかし愛理沙は一向に服を脱ぐ様子を見せない。

じっと、由弦を見つめている。

「どうしたの？」

「……脱がしていただけませんか？」

「……え？」

愛理沙の言葉に由弦は思わず声を上げた。

しかし愛理沙はじっと由弦を見つめる。

「……ダメでしょうか？」

「いや……ダメじゃない。少し驚いただけだ……」

由弦はそう答えると、愛理沙が着ている和服の帯に手を掛けた。

帯が解け、和服が開くと……愛理沙の白い肌が露（あら）わになった。

「じゃあ……脱がすよ」

「……はい」

由弦は和服を掴（つか）み、下に下げるようにして、愛理沙の肩と腕から袖を引き抜いた。

黒い下着だけの姿になる。

「……似合ってるね」

由弦がそう言うと、愛理沙は恥ずかしそうに顔を背けた。

「きゅ、急に何を言うんですか……」

「い、いや、言った方が良いのかなと思って……ダメだった？」

「……ダメではないですけれども」

愛理沙はそう言って頬（ほお）を膨らませた。

怒っているというよりは、恥ずかしさを誤魔化しているように見えた。

「じゃあ、次は愛理沙の番だね」

「……私の番？」

「……順番に脱がし合うのかなと」

由弦は頬を搔きながら、キョトンとした表情の愛理沙にそう言った。

「えっと……違った？」

「あ、いえ……そういう趣旨のつもりはありませんでしたが、大丈夫です」

愛理沙はそう言って頷くと、由弦の足元にしゃがみ込んだ。

帯に手を掛けて、解く。

そして立ち上がり、由弦の肩に手を置いた。

「……脱がしますね」

「ああ、頼む」

由弦の言葉に愛理沙は応じるように頷くと、和服を下へと引き下げた。

由弦は和服から袖を引き抜いた。

お互い下着だけの姿になった。

「……」

「……」

少しの沈黙の後、由弦は口を開いた。

「次は俺の番かな？」

しかし愛理沙は慌てた様子で手を前に突き出し、由弦を制した。

「ちょ、ま、待ってください！」

「えっと……」

「こ、心の準備が……」

愛理沙は顔を真っ赤にしながらそう言った。

恥ずかしいのはもちろん、酷く緊張しているようだった。

「……やめにしようか？」

由弦としては愛理沙と一緒に入浴したかった。

しかし愛理沙を傷つけたり、負担を掛けたりするような事態は望むところではない。

それ故の提案だったが、愛理沙は大きく首を左右に振った。

「こ、ここまで来て、やめられません」

愛理沙は強い口調でそう言った。

「す、少しだけ……時間をください」

心の準備をするための時間が欲しいようだった。

しかしながらいつまでも下着姿でいるのは、少し寒い。

であればと、由弦は別の提案をすることにした。

「……じゃあ、俺から先に脱がしてもらっていいかな？」

「な、なるほど。分かりました」

愛理沙は頷くと、由弦の肌着に手を掛けた。

そして由弦を見つめた。

「腕を前に突き出していただけますか？」

「こうかな？」

「はい」

由弦が手を前に突き出すと、愛理沙は肌着を上へと上げ始めた。

そしてひっくり返すような形で前へと持って行き、由弦の腕から引き抜いた。

「……下もお願いしていいかな？」

由弦は愛理沙にそう尋ねた。

すると愛理沙は首を大きく、何度も左右に振った。

「だ、ダメ……ダメです！」

「じゃあ、君が脱ぐ？」

由弦がそう尋ねると、愛理沙はしばらくの沈黙の後、小さく頷いた。

「……お願いします」

由弦は腕を愛理沙の背中側に回し、ブラジャー……そのホックに手を伸ばした。

しかし緊張で手が震え、上手く外せない。

「……できますか？」

「あ、あぁ！　も、もちろん……す、少し待ってくれ……！」

「逃げたりはしないので、落ち着いてください」

慌てている人間を見ていると、冷静になる現象が発生しているのだろか？

慌てる由弦とは対照的に愛理沙の声は意外と冷静だった。

幸いにもそれほど手間取ることなく、すぐにカチッと音がしてホックが外れた。

それから肩紐を一つずつ、丁寧に外す。

カップを胸から離すと、愛理沙の美しい乳房が露わになる。

支えを失っても、それは形を崩すことなく、ツンと上を向いていた。

「ん……」

愛理沙は顔を真っ赤にし、顔を横に背ける。

「次は……君が脱がしてくれるということでいいかな？」

「ええ……もちろん」

愛理沙は頷くと、由弦の下着に手を掛けた。

「お、下ろしますから……」

「……ああ」

由弦の返事を聞き、愛理沙は由弦の下着を下へと下ろした。

由弦は自分の下半身が外気に触れるのを感じた。

「あー、その、愛理沙。……大丈夫？」

片手で顔を覆う愛理沙に由弦は尋ねた。

愛理沙はそれに答えず、ゆっくりと距離を取り、立ち上がった。

そして僅かに指の隙間を開ける。

そこから翡翠色の瞳でこちらを窺う。

「す、すみません。そ、想像と違って……びっくりしてしまいました」

「……想像と？」

「さっき、見たのと違ったから……」

さっき、見たの。

というのは、ビデオに映っていた由弦のことだろう。

赤子の時と今では、全く違うのは当然のことだ。

「そ、そうか。……えーっと、愛理沙」

「……はい」

「いつまでも裸は寒いから……いいかな?」

「……ど、どうぞ」

愛理沙は顔を背けながら、小さく頷いた。

許可を得た由弦は愛理沙のショーツに手を掛けた。

慎重に下へと、引き下げた。

これでお互い、一糸まとわぬ姿になった。

「……」

「……」

愛理沙は恥ずかしそうに顔を背けつつも、しかし手で大事なところを隠すような真似はしなかった。

落ち着かない様子で両手を開いたり閉じたりしている。

一方で由弦は露骨に目を逸らすのも変だと思いつつも、凝視するわけにも行かず、結果として目を右往左往させて、余計に不審な動きをしてしまっていた。

「え、えっと……愛理沙」

「……はい」

「月並みの言葉になってしまうかもしれないけれど……」

由弦は頰を搔きながら言った。

「……とても綺麗だよ」

「……ありがとうございます」

由弦の言葉に愛理沙は少しだけ嬉しそうに頬を緩めた。

「え、えっと……その、由弦さんも……カッコいいと、あぁ、いや、違う……いえ、違わないんですけれども……」

愛理沙も同様に由弦を褒めようとして、何度も言葉を選んだ。

そして最終的には由弦を見つめて言った。

「とても逞しいと……思います」

「ありがとう」

そして二人は揃って浴室へと、視線を向けた。

そして互いに見つめ合い、頷き合う。

——入ろう。

※

由弦と愛理沙はそれぞれ、ハンドタオルで申し訳程度に体を隠しながら浴室に入った。

ここまで来たら恥ずかしいも何もないはずだが……

どうしても照れくさい気持ちになってしまい、二人は顔を見合わせて笑った。

「えっと……じゃあ、お互いに洗いっこをする感じで……よろしいですか？」

「そうだね。じゃあ、その、俺から……頼んで良いかな？」

「分かりました」

由弦が風呂椅子に座ると、愛理沙はその後ろにしゃがみ込み、シャワーヘッドを手に取った。

「まずは髪の毛の方を濡らしますね」

そう言うと愛理沙は優しい手つきで由弦の髪を濡らした。

それから由弦に尋ねる。

「由弦さんは普段、頭から洗いますか？　それとも体から？」

「体からかな」

「分かりました」

愛理沙はスポンジを手に取ると、石鹼で軽く泡立てた。

そして由弦の背中を擦り始める。

「どうですか？　気持ちいいですか？」

「うん、気持ちいいよ」

強すぎず、弱すぎない力加減で愛理沙は由弦の背中を洗ってくれた。

おおよそ全体を洗い終えたタイミングで愛理沙は口を開いた。

「じゃあ、その……前を、洗いますね」

愛理沙はそう言って腕を由弦の前に回した。

結果的に背後から由弦を抱きしめるような形になる。

柔らかい膨らみが背中に当たるのを由弦は感じた。

「どうですか？」

愛理沙が手を動かすたびに、背中に当たる柔らかい物が動く。

狙ってやっているのではないかと由弦は思ったが、鏡に映る愛理沙の顔は真剣そのものだ。

「いい感じ、かな？」

「それは良かったです」

そう言って愛理沙の手が止まる。

「……愛理沙？」

「その、下は……ご自分でお願いします」

どうやら、頭以外の上半身は洗い終えたらしい。

由弦は愛理沙からスポンジを受け取った。

「あぁ、もちろん！」

由弦は普段よりも丁寧に下半身を洗った。

「……頭を洗いますね」

次に愛理沙は両手でシャンプーを泡立てると、由弦の髪の毛に付けた。

丁寧に頭皮を擦りながら、洗い始める。

「痒いところはありますか？」

「特にないかな」

「なら、良かったです。……よし」

愛理沙はシャワーで由弦の頭の泡を流した。

「じゃあ、次はリンスを……」

「いや、そのシャンプーはリンス配合だから、大丈夫だ」

「あら、そうなんですか。ちゃんとリンスはリンスで使用した方が良いとは思いますが……」

愛理沙はそう言いながらも蛇口を捻り、シャワーを止めた。

由弦は立ち上がり、愛理沙の方を向いた。

「じゃあ、交代……」

「つきゃ！」

愛理沙は顔を両手で覆った。

「きゅ、急に立たないでください！」

「ご、ごめん……」

「……もう！」

愛理沙は顔を真っ赤にしながら、椅子に座った。

由弦はシャワーヘッドを手に取り、愛理沙に尋ねる。

「どういう感じで洗ってる？」

「まずはシャンプーをして、それからリンスをして、最後に体を洗います」

「なるほど。これが愛理沙が持ってきたやつだよね？」

由弦は愛理沙が自宅から持ってきたであろう、シャンプーとリンス、ボディソープを指さした。

愛理沙は頷いた。

「はい。では、お願いします」

由弦は頷くと、まず愛理沙の髪をシャワーで濡らした。

それからシャンプーを泡立てる。

「おぉ……愛理沙の匂いがする」

「まあ、いつも使ってますから」

恥ずかしそうにする愛理沙の髪に、由弦は泡を付けて、洗い始めた。

まずは頭皮を擦り、それから丁寧に髪を洗っていく。

「どうかな？　こんなに長い髪を洗ったことはないから、勝手が分からないのだが……」

「悪くない感じです。そのまま……お願いします」

特に問題がないようだったので、由弦はそのまま愛理沙の髪を洗い続けた。

最後にシャワーで泡を流してから、今度はリンスを手に取る。

「リンスは……どんな感じに使えばいい？」

「毛先から髪全体に馴染ませる感じで。……頭皮には付けないでください」

「分かった」

由弦は愛理沙の髪を一本一本梳くイメージで、リンスを付けていく。

美術品のように美しい髪を扱うのは、どうしても緊張してしまう。

「少し頭皮に付いちゃったんだけど……不味い？」

「少しなら大丈夫ですよ。別に私も、いつもそこまで神経質にやっているわけではありませんから」

由弦は都度、愛理沙に具合を聞きながら、髪にリンスを丁寧に付けた。

そして最後にシャワーでしっかりと洗い流す。

「髪はこれでいいかな？」

「はい。じゃあ、その……体、お願いします」

「分かった」

スポンジを手に取り、由弦は頷いた。

透き通るように白く滑らかな肌に、由弦はスポンジを押し当てる。

そして優しく、割れ物を扱うように擦る。

「どう？」

「もうちょっと強くてもいいです」

「こうかな」

「はい、いい感じです」

由弦は丁寧に愛理沙の小さな背中の汚れを――と言っても汚れているようには見えないが――落としていく。

面積が狭いため、背中はすぐに洗い終えた。

「じゃあ、次は……手を上げてもらっていいかな？」

「こうですか？」

愛理沙が万歳したのを確認すると、由弦は彼女の腋にスポンジを当てた。

すると愛理沙は体を小さく震わせた。

「ちょ、ちょっと……く、擽ったいです……」

「我慢してくれ」

擽ったそうに愛理沙は身を捩じらせる。

愛理沙は擽ったくて辛いのかもしれないが、由弦も変な気持ちになりそうなのを堪えるのに必死なので、精神的な余裕はない。

「終わった。次は……」

「前、お願いします」

愛理沙は小さな声でそう言った。

由弦は頷くと、緊張しながらも腕を愛理沙の体の前面に回した。

鎖骨の少し下にスポンジを置いた。

首回りを擦ってから、その下にある山に沿って、スポンジを走らせる。

頂点を擦るのと同時に、愛理沙の口から僅かな声が漏れた。

「んっ……」

由弦はそれを聞かなかったフリをしながら、愛理沙に尋ねる。

「こんな感じでいいかな？」

「はい。……谷間と胸の下も、お願いします。汚れが溜まりやすいので」

由弦は愛理沙に言われるまま、谷間にスポンジを滑り込ませた。

それから胸を下から持ち上げ、その下を綺麗に洗う。

「由弦さん……」

「どうした？」

「……随分と丁寧に洗われるんですね」

胸を触りすぎではないか。

そう指摘された由弦は慌てて手を離した。

「え、あっ、済まない」

「ふふ……冗談です」

由弦の反応が面白かったのか、愛理沙は小さく笑った。

「由弦さん、大好きですものね」

「いや、別にそういう意図があったわけじゃ……」

汚れが溜まりやすい。

そう言われたから丁寧に洗っていただけであって、胸に触りたかったわけではない。

「大丈夫ですよ。怒ってないですから」

しかし由弦のそんな言葉は言い訳に聞こえたらしい。

由弦は誤解を解きたかったが……これ以上言葉を重ねても、余計に言い訳らしく聞こえると考え、口を噤(つぐ)むことにした。

胸から腹部へ、キュッと引き締まったウェストと、可愛(かわい)らしいお臍(へそ)を中心にスポンジを動かす。

次に由弦は愛理沙の太腿(ふともも)にスポンジを走らせた。

「えっ……？」

これには少し驚いたのか、愛理沙は困惑の声を上げた。

由弦はそんな愛理沙に何食わぬ顔をした。

「どうしたんだ、愛理沙」

「……いえ、何でもないです」

上側と外側の側面を洗う。

それから由弦は先ほど思い浮かんだ〝仕返し〟を実行することにした。

「足、開いて」

「え？　……そ、その、後は自分で……」

「早く開いて」

「えっと……」

「開かないと洗えないだろう？」

由弦は愛理沙の耳元に囁(ささや)くようにそう言った。

鏡に映る愛理沙は戸惑いの色を見せていたが、最終的に顔を俯(うつむ)かせた。

「は、はい……」

愛理沙は手で大事なところを覆い隠しながら、足を小さく開いた。

由弦はそんな愛理沙の内股を優しく、撫でるように洗っていく。

「そ、その、由弦さん。こ、これ以上は……」

足をモジモジさせながら、愛理沙はそう言った。

嫌そうな表情……ではない。

手を退けてと、そう言えば退けてくれそうな気配がそこにはあった。

しかしこれ以上は由弦の理性が持たない。

「じゃあ、後は自分でやって」

「……はい」

愛理沙は少し残念そうな表情を浮かべつつも、スポンジを受け取った。

それから残った場所を丁寧に洗っていく。

「終わりました」

シャワーで泡を洗い流してから、愛理沙は立ち上がった。

「湯舟、浸かろうか」

「はい」

二人は向かい合わせて湯舟に入った。

愛理沙は恥ずかしそうに両手で局部を隠している。

当初は由弦も足を閉じ、隠してはいたのだが……

途中から「隠すのは男らしくない」という考えに至り、堂々と足を開いた。

すると愛理沙は目を大きく見開いた。

気まずそうに目を逸らす。

「湯加減はどうかな？　俺は丁度良いけど」

「そ、そうですね。私も丁度良いと思います……」

愛理沙は顔を逸らしながらも、こちらをチラチラと見てくる。

恥ずかしいけど、気になる。

そんな表情だ。

「落ち着かない？」

「そ、そう、ですね」

「じゃあ、テレビでも見る？」

由弦はそう言って愛理沙の背後に設置されているスクリーンを指さした。

非常に珍しいことではあるが、由弦の家の風呂にはテレビが設置されているのだ。

愛理沙は少しホッとした表情を浮かべると、後ろを振り向く。

「これ、少し気になってました。……どうやって操作します？」

「リモコンがあるんだ」

「きゃっ！」

由弦がそう言って立ち上がると、愛理沙は顔を両手で隠した。

そして指の隙間から由弦を睨みつける。

「きゅ、急に立たないでください！　び、びっくりするじゃないですか!!」

「いい加減、慣れてもいいんじゃないか？」

由弦は苦笑しながらも、浴室の棚の上に置いてあるリモコンを手に取った。

当然、リモコンも防水性だ。

「放送中のテレビ番組と……あと、ネットにも繋がるから、動画サイトも見られる。何か見たいもの、ある？」

「……猫ちゃんの動画とか、見られますか？」

「見られるよ」

由弦はリモコンを操作し、動画サイトにアクセスした。

検索機能を使い、猫の動画を選択する。

すると画面に可愛らしい子猫の映像が流れ始めた。

「わぁ……！」

愛理沙は嬉しそうにテレビを見始めた。

食い入るように子猫の姿を見つめる。

その様子は映像に夢中になっているというよりも、意識を逸らそうとしているように見えた。

「愛理沙」

「ひゃう！」

　そんな愛理沙を由弦は後ろから抱きしめた。

　愛理沙は背筋をビクッと大きく伸ばした。

「もう少し離れて見よう」

「は、はい。そうですね」

　由弦は愛理沙を抱きしめたまま、ゆっくりと後ろに下がった。

　テレビからできるだけ距離を取る。

「あ、あの、由弦さん」

「どうした、愛理沙」

「その、お風呂、広いので……と、隣でもいいんじゃないですか？」

　無理にくっ付かなくても良いのではないか。

　愛理沙はそう由弦に提案した。

　由弦はそんな愛理沙に逆に問いかける。

「抱きしめられるのは嫌？」

「い、嫌じゃないですけれど……」

「なら、いいじゃないか。ほら……」

「きゃっ！」

由弦は愛理沙を軽く持ち上げた。

そして自分の膝の上に座らせた。

「そ、その、由弦さん。あ、当たってるというか……」

「俺は気にしない」

「そ、そうではなくて、私が……」

「ほら、テレビを見て」

「も、もう……」

愛理沙は観念したのか、再びテレビを見始めた。

由弦は愛理沙が無抵抗になったことをいいことに、スキンシップを始めた。

髪を撫でたり、胸に軽く触れてみたり、耳元で愛を囁いてみたり。

そのたびに愛理沙は小さく体を震わせる。

段々と愛理沙の吐息に熱がこもり始める。

「……由弦、さん」

「愛理沙……」

真っ赤に逆上せた顔で、愛理沙は由弦を見上げた。

由弦はそんな愛理沙の唇を塞いだ。

深く長い接吻。

「由弦さん。私……」

「上がってから……続きする？」

由弦がそう尋ねると、愛理沙は小さく頷いた。

風呂から上がり、着替えを終えると、二人は由弦の部屋に布団を二枚引いた。

「……寝るには少し早いですね」

愛理沙は時計をチラッと見てからそう言った。

時刻は二十一時半。

普段の二人の就寝時間を考えると、随分と早い。

「夜は長い方がいいだろう？」

「ふふ、そうですね」

由弦の言葉に愛理沙は口に手を当てて笑った。

「と、ところで……由弦さん。ここまで来て……言い出すのが、遅いのかもしれませんけれど……」

「どうしたの？」

「そ、その、持ってますか？　わ、私は持って来てませんが……」

愛理沙は恥ずかしそうに、しかし少し不安気な表情で由弦にそう尋ねた。

由弦は思わず首を傾げたが、すぐに手を打った。

「あぁ……大丈夫。あるよ」

由弦はそう言って懐からそれを取り出して見せた。

愛理沙の顔がますます赤くなる。

「そ、そうですか。良かったです……んっ」

安堵の表情を浮かべた愛理沙の唇を、由弦は強引に奪った。

強く抱きしめ、手を握り、押し倒す。

「愛理沙……最後の確認だけど、大丈夫だよね？」

由弦がそう尋ねると、愛理沙は顔を背けた。

「今更……それは無粋です」

「そうだね。すまなかった」

由弦はもう一度、愛理沙の唇を奪う。

「んっ……由弦さん。その……」

「なに？」

愛理沙は真っ赤な顔で呟くように言った。

「優しく……お願いします」

「もちろん……！」

二人は蜂蜜のように甘い夜を過ごした。

翌朝。

「由弦さん。……起きてください」

「うん……愛理沙？」

由弦は愛理沙の声で目を醒ました。

目を開けると、和服を羽織っただけの姿の婚約者が覗き込んでいた。

「おはようございます」

「あぁ……おはよう」

朝の挨拶を交わす。

そして由弦は愛理沙を抱き寄せると、接吻した。

突然の接吻に驚いたのか、愛理沙は目を白黒させた。

「ゆ、由弦さん……⁉　も、もう、明るいですよ？」

「……でも、残ってるから」

「そ、それは……」

「嫌かな？」

由弦がそう尋ねると、愛理沙は小さく首を横に振った。

「嫌じゃ……ないです」

「なら、決まりだ」

こうして二人は予備校の朝の授業に遅刻した。

※

一週間後。

「「ただいま」」

「「おかえりなさい」」

由弦の家族が海外旅行から帰って来たのは、夜も更けた時刻だった。

「悪いわね。一週間で帰って来ちゃって」

彩由の揶揄(からか)いの言葉に愛理沙は苦笑いを浮かべた。

一方で由弦は大真面目な表情で大きく頷いた。

「全くだ。……あと、二週間くらい旅行してても良かったんじゃないか？」

「大人はそんなに休めないの」

彩由はそう言ってから由弦の耳元で囁くように尋ねた。

「羽目は外してないでしょうね？」

彩由の問いに由弦は少し考えてから答えた。

「外したけど、外しちゃいけないものは外してない」

「あら……上手い事を言うわね」

彩由は感心した様子でそう言った。

そして愛理沙に向き直る。

「……何事もなかった？」

「はい」

「そう、良かったわ」

彩由はどこか安堵した表情を浮かべた。

若い二人を置いていくのは、保護者として少し心配だったのだろう。

「荷物、運ぶの手伝うよ」

「私もお手伝いします」

由弦と愛理沙は車から荷物を運び出すのを手伝った。

お土産もあるため、旅行に出かけた時よりは少し増えている。

「私……眠いから、寝るねぇ……」

荷物を家の中に入れ終えると、彩弓は目を擦りながらふらふらと自室へと向かってしまった。

彩由はそんな彩弓の背中に「歯は磨きなさい」と呼びかける。

そんな妻と娘の様子に和弥は苦笑してから、由弦と愛理沙の方に向き直った。

「今日はもう遅い。……積もる話は明日でいいかな？」

その日はすぐに眠ることになった。

※

その日の深夜。

「あれ、由弦さん……」

愛理沙が縁側で月を眺めていると、一人の男性がやってきた。

最初は由弦だと思った愛理沙だが、すぐに違うことに気付く。

「……和弥さん？」

現れたのは由弦の父親、和弥だった。

由弦と間違われた和弥は顎に手を当てながら尋ねる。

「ああ、そうだよ。……そんなに若く見えるかな？」

「あぁ……えっと、暗闇だったので……やっぱり、似てらっしゃいますね」

「若く見えることは肯定してくれないか……」

和弥は落ち込んだ様子で肩を落とした。

愛理沙は慌てて言い繕う。

「いえ、そんな！　とてもお若く見えると……思いますよ？」

「あぁ、うん。大丈夫だ……そんな年ではないことは自覚している」

和弥はそう言いながら、遠慮がちに愛理沙から少し距離を取ったところに座った。

それから愛理沙に尋ねる。

「どうしてこんな時間に？」

「……目が覚めてしまって。えっと、和弥さんは？」

「時差ぼけで眠れなくてね……明日は休みで助かったよ」

そう言って和弥は肩を竦めた。

そしてしばらく沈黙してから、愛理沙に尋ねる。

「少し話をしても……いいかな？」

「はい」

「ありがとう。……まあ、独り言だと思って、聞き流してくれていい」

和弥はそう断ってから、話し始めた。

「息子と仲良くしてくれて、好きになってくれて、ありがたく思っている」

「そんな！　私の方こそ……由弦さんに助けてもらってばかりです」

　そう、愛理沙は首を横に振りながらそう言った。

　愛理沙は由弦に助けてもらってばかりだった。

　受けた恩を返せていない。

「それだけ由弦は君のことが好きだということだ。そして君はそれに応えてくれている。親としてこれほどありがたいことはないよ。……政略結婚であることを考えれば、尚更ね」

　政略結婚。

　その言葉に愛理沙は思わず口を噤んだ。

　一方で和弥は僅かに後悔するような顔で呟いた。

「僕は由弦を跡継ぎとして生んだ」

「えっと、それは……」

「息子として愛していることは間違いない。だが、その前に彼は高瀬川家の次期当主で、僕は今代当主だ」

　そして小さくため息をついた。

「彩弓もそうだが……よくできた子供たちだ。自分の立場をよく理解している。まあ、そういう風に育てたのだから、当然ではあるが……」

「そう、ですか……」

愛理沙は和弥の言葉にどう反応して良いか分からなかった。

和弥は尚も続ける。

「息子が我が儘を言うのは……君が絡む時くらいだ」

「えっと、そ、それは……すみません」

「いや、謝らなくていい。僕はそれを嬉しく感じているからね」

愛理沙が頭を下げると、和弥は嬉しそうに笑った。

「由弦が本当の意味で心を許せるのは、君だけだ」

「そう言って頂けるのは嬉しいですが……そんなことはないと思いますよ？」

買い被りすぎだ。

と、愛理沙は和弥の言葉を否定した。

確かに愛理沙は由弦の婚約者であり、特別な関係だ。

だが由弦には幼馴染みや親友たちもいる。

少なくとも付き合いは彼ら彼女らの方が長いだろう。

「橘亜夜香。上西千春。佐竹宗一郎。良善寺聖。後は……凪梨天香。この辺りかな？　君たちの共通の友人は」

愛理沙の内心を見透かすように、和弥は由弦と愛理沙の共通の友人たちを列挙した。
愛理沙は小さく頷く。

「はい、そうです。親しくさせてもらっています。もちろん、由弦さんとも……」

「しかし彼らは友人である前に、それぞれの家の跡取りやその関係者じゃないかな？」

和弥の言葉に愛理沙は口を噤んだ。

彼らの立場は各々微妙に異なるが、由弦と同様に家の看板を背負っている。

「友人同士だろう。手を取り合うこともあるだろう。だが、弓を向け合うこともある」

「それは……」

愛理沙はその言葉を否定できなかった。

家同士、複雑な利権や対立の歴史があることを由弦から聞いていたからだ。

「でも彩弓さんが……」

「彼女は嫁ぐよ」

「……！」

妹であっても、血の繋がりがあっても、必ずしも気を許せるわけではない。

和弥はそう断言した。

「もちろん、僕としては兄妹仲良くしてもらいたいものだが……高瀬川家の歴史上、生まれてから死ぬまで、兄弟仲が良かった例は……悪かった例よりも少ない。残念ながらね」

「まあ、遺産相続とか絡むからね。……僕が戦争の準備をしているように、僕の弟も戦争の準備をしているだろうさ」

「そう……なんですか」

「……」

「もちろん、準備だけで本当にやり合うのは極力避けるつもりだけどね。兄弟は仲が良いのに越したことはない。漁夫に利を取られることほど、愚かなことはないからね」

和弥は楽しそうに笑った。

愛理沙はあまり笑えなかった。

「由弦にとって、絶対に裏切らない味方は君だけだ」

「そう……ですか」

「そうだとも」

和弥は大きく頷いた。

「だから側にいるだけで、君は由弦の力になっている」

「……そういうものですか」

「そういうものだよ。まだ分からないだろうけど」

言いたいことは言い終わった。

そう言わんばかりに和弥は立ち上がった。

「じゃあ、これからも息子を頼んだよ」

そう言って立ち去っていく。

愛理沙はそんな和弥の後ろ姿を見送った。

「側にいるだけで……」

そういうものだろうか？

愛理沙は首を傾げた。

愛理沙は和弥の言葉に実感が持てなかった。

少なくとも、今はまだ。

あとがき

お久しぶりです。桜木桜（さくらぎさくら）です。

気が付けばこのシリーズも七巻になりました。

一巻から三巻は二人が出会い、偽物の婚約者関係から本物の婚約者になる話でした。

四巻から六巻は二人が婚約者としての絆（きずな）を深め合い、また価値観の違いを埋め合わせていく話だったと思っています。

そして七巻ではいろいろな意味で二人が繋（つな）がり合い、ただの恋人ではなく、夫婦として支え合い、助け合える関係になる……その準備を終えるまでの話でした。

準備が終わった以上、あとは結婚して、命を次に繋ぐだけでしょう。

次巻でそれを書き終えれば、このシリーズで最大限書けることを書き尽くしたという形になると思います。

というわけで本シリーズは次巻で最終巻となる予定です。

今回はあとがきに若干の余裕がありますので、七巻の具体的な内容に触れていきます。

まず一章のクリスマス回ですが、こちらは本来は六巻のラストに持ってくる予定でした。

ただあまりバランスが良くなかったので、七巻の初めに持って行きました。結果的には良い判断だったかなと思っています。次に二章、新年です。三巻や後の章との内容が被らないように、由弦の部屋で過ごしてもらいました。また正月らしく、同時にいい感じにイチャイチャできる遊びということで二人には羽根つきをしてもらいました。顔に落書きをする展開は個人的には好きだなと感じたので、別の機会にまた書きたいですね。

次に三章、バレンタインとホワイトデーです。個人的に〝恋人同士〟の両イベントはラブコメにおける鬼門の一つだと思います。やっぱり、チョコレートがもらえるかどうかというのが一番ワクワクするポイントだと思いますので……。付き合っているならもらえるでしょう？　となってしまう気がします。ただ〝恋人同士〟だからこそできるイチャイチャもあるのかなとも思います。今回はそれを描けたかなと。

最後に四章です。ラストシーンについて細かい言及は避けますが、ここのシーンについては『お見合い』の当初の構想段階からあったシーンだったので、無事に書けてよかったかなと思っています。

では、そろそろ謝辞を申し上げさせていただきます。

イラストを担当してくださっている clear 様、この度も素晴らしいイラストをありがとうございます。

この本に関わってくださった全ての方、何よりこの本を購入してくださった読者の皆様にお礼を申し上げさせていただきます。

それでは最終巻でまたお会いできることを祈っております。